A BRINCADEIRA FAVORITA

LEONARD COHEN

A BRINCADEIRA FAVORITA

Tradução ALEXANDRE BARBOSA DE SOUZA

COSACNAIFY

Para minha mãe

Assim como a neblina não deixa marcas
Na colina verde-escura
Meu corpo também não deixa marcas
No seu, nem nunca deixará.

Quando vento e uivo se encontram,
O que sobra?
Assim é o nosso encontro,
Depois nos viramos, e pegamos no sono.

Assim como há noites que ficam
Sem lua, sem estrela,
Assim ficaremos
Quando um de nós tiver partido.

LIVRO UM

UM

Breavman conhece uma garota chamada Shell cujas orelhas foram furadas para poder usar brincos compridos e filigranados. Os furos infeccionaram e agora ela tem uma pequena cicatriz no lóbulo de cada orelha. Ele as descobriu por baixo dos cabelos dela.

Uma bala atravessou o braço do pai dele quando se levantava para sair de uma trincheira. Para um homem com trombose coronária, é consolador ter uma ferida de guerra.

Na têmpora direita, Breavman tem uma cicatriz que Krantz lhe fez com uma pá. Problemas com um boneco de neve. Krantz queria usar carvões para os olhos. Breavman era e ainda é contra o uso de materiais de fora na decoração de bonecos de neve. Nada de cachecóis, chapéus, óculos. Da mesma forma, não aprova que coloquem cenouras nas bocas de abóboras esculpidas nem que se espetem pepinos como orelhas.

A mãe dele considerava o próprio corpo uma grande cicatriz crescida sobre uma perfeição anterior que ela buscava em espelhos, janelas e nas calotas dos automóveis.

Crianças exibem suas cicatrizes como medalhas. Amantes as usam como segredos a serem revelados. Uma cicatriz é o que acontece quando a palavra se faz carne.

É fácil exibir uma ferida, as orgulhosas cicatrizes de guerra. O difícil é ter espinhas.

DOIS

A jovem mãe de Breavman caçava rugas com as duas mãos e um espelho de aumento.

Quando encontrava alguma, consultava uma fortaleza de óleos e cremes perfilados numa bandeja de vidro e suspirava. Sem fé, a ruga era ungida.

"Este não é o meu rosto, meu verdadeiro rosto."

"Onde está o seu verdadeiro rosto, mãe?"

"Olhe para mim. É assim que eu sou?"

"Onde? Onde está o seu verdadeiro rosto?"

"Não sei, talvez na Rússia, quando eu era menina."

Ele tirou o atlas imenso da estante e caiu no chão com ele. Folheava as páginas como um garimpeiro até encontrar: toda a Rússia, vasta e pálida. Ajoelhou-se sobre as distâncias até a vista ficar nublada e os lagos e rios e nomes ganharem feições de um rosto singular, sombrio e bonito e fácil de se perder.

A empregada tinha que arrastá-lo para jantar. Um rosto de senhora flutuava sobre a prata e a comida.

TRÊS

O pai dele estava quase sempre na cama ou no hospital. Quando ficava acordado e de pé, mentia.

Pegou sua bengala sem o castão de prata e levou o filho ao monte Royal. Lá estava a velha cratera. Dois canhões de pedra e ferro jaziam na delicada depressão coberta de grama que outrora havia sido um poço de lava fervente. Breavman queria ficar em meio àquela violência.

"A gente volta quando eu estiver melhor."

Mentira.

Breavman aprendeu a brincar com o focinho dos cavalos atrelados ao lado do Chalet, quando oferecia torrões de açúcar na palma estendida.

"Um dia a gente sai a cavalo."

"Mas você mal consegue respirar."

Naquela noite, o pai desabou sobre o mapa cheio de bandeirinhas em que tramava sua guerra, tateando atrás das ampolas que costumava quebrar e inalar.

QUATRO

Eis aqui um filme repleto dos corpos da família dele.

O pai aponta a câmera para os irmãos, tios de Breavman, altos e sérios, flores nas lapelas escuras, que se aproximam até adentrar o reino dos borrões.

As esposas parecem formais e tristes. A mãe de Breavman dá um passo para trás, pedindo às tias que entrem no quadro. No fundo da fotografia, o sorriso e os ombros dela parecem cansados. Ela acha que está fora de foco.

Breavman interrompe o filme para analisá-la, e o rosto dela é devorado por uma mancha de bordas alaranjadas que se alastra à medida que o filme derrete.

A avó está sentada na sombra da varanda de pedra e as tias lhe apresentam os bebês. Um conjunto de chá de prata brilha intensamente nos primórdios do tecnicolor.

O avô passa em revista uma fileira de crianças, mas é interrompido no meio de um gesto de aprovação com a cabeça, devastado por uma labareda laranja.

Em seus esforços para conhecer a história, Breavman mutila o filme.

Breavman e os primos disputam pequenas batalhas cavalheirescas. As meninas fazem reverências. Todas as crianças são convidadas a passar pelo caminho de pedras do jardim, uma por vez.

Um jardineiro, tímido e agradecido, é conduzido à luz do sol para ficar junto aos seus patrões.

Um batalhão de esposas é acuado, dizimado pelo canto do quadro. A mãe dele é uma das primeiras a desaparecer.

De repente, a imagem são sapatos e borrões de grama quando o pai cambaleia sofrendo outro ataque.

"Socorro!"

Rolos de celuloide queimam a seus pés. Breavman fica dançando até ser salvo pela enfermeira e pela empregada, e castigado pela mãe.

O filme passa dia e noite. Cuidado, sangue, cuidado.

CINCO

Os Breavman fundaram e presidiram a maioria das instituições que fazem da comunidade judaica de Montreal uma das mais poderosas do mundo hoje em dia.

A piada na cidade é: os judeus são a consciência do mundo, e os Breavman são a consciência dos judeus. "E eu sou a consciência dos Breavman", acrescenta Lawrence Breavman. "Na verdade, somos os únicos judeus que sobraram; isto é, supercristãos, os primeiros cidadãos com os prepúcios cortados."

O sentimento hoje em dia, se é que alguém se daria ao trabalho de articulá-lo, é de que os Breavman estão em decadência. "Cuidado", Lawrence Breavman adverte os primos executivos, "ou seus filhos vão falar com sotaque."

Dez anos antes, Breavman compilou o Código dos Breavman:

Somos cavalheiros vitorianos de orientação hebraica.

Não podemos afirmar, mas temos quase certeza de que todos os outros judeus que têm dinheiro o obtiveram no mercado negro.

Não queremos fazer parte de clubes cristãos nem enfraquecer nosso sangue com casamentos endogâmicos. Queremos ser reconhecidos como iguais, unidos pela classe, educação, poder, diferenciados por rituais domésticos.

Recusamo-nos a cruzar a linha da circuncisão.

Fomos civilizados antes e bebemos menos que vocês, seu bando de vagabundos bêbados sedentos de sangue.

SEIS

Um rato tem mais vida que uma tartaruga.

Uma tartaruga é lenta, fria, mecânica, quase um brinquedo, uma concha com pernas. Sua morte não conta. Mas um rato branco é ligeiro e quente na pele que o envolve.

Krantz guardava o dele dentro de um rádio vazio. Breavman guardava o seu numa lata funda de mel. Krantz foi viajar nas férias e pediu a Breavman que cuidasse do dele. Breavman deixou os dois juntos.

Alimentar ratos dá trabalho. É preciso ir ao porão. Ele esqueceu por um tempo. Logo não queria mais pensar na lata de mel e passou a evitar a escada do porão.

Por fim desceu e havia um cheiro horrível vindo da lata. Desejou que ela ainda estivesse cheia de mel. Olhou dentro, e um dos ratos havia devorado quase todo o estômago do outro. Não importava qual dos ratos era. O rato vivo saltou para cima dele e então Breavman descobriu que estava louco.

Segurou a lata longe de si por causa do fedor e a encheu de água.

O rato morto boiou com o rombo entre as costelas e as patas traseiras para cima. O vivo arranhava a parede da lata.

Chamaram-no para o almoço que começou com tutano. O pai havia tirado aquilo de dentro de um osso. Vinha do interior de um animal.

Quando desceu de novo, os dois boiavam. Esvaziou a lata na rampa da entrada e cobriu tudo com neve. Vomitou e também cobriu com neve.

Krantz ficou furioso. Quis que houvesse pelo menos um funeral, mas não conseguiram encontrar mais os corpos devido à forte nevasca.

No início da primavera, vasculharam as ilhas de neve suja na entrada da casa. Nada. Krantz disse que na sua opinião Breavman lhe devia o dinheiro para comprar um outro rato branco. Tinha deixado o rato com ele e agora estava sem nada, nem mesmo o esqueleto. Breavman falou que o hospital não paga nada quando alguém morre. Krantz respondeu que, quando você empresta uma coisa a alguém e esse alguém perde essa coisa, a pessoa tem que pagar pela coisa que perdeu. Breavman replicou que, quando algo tem vida, não é uma coisa e, além disso, havia feito um favor ao cuidar do rato dele. Krantz disse que matar um rato era mesmo um grande favor, e começaram a brigar sobre o cascalho molhado da rampa. Depois foram ao centro da cidade e compraram dois ratos novos.

O de Breavman fugiu e passou a morar dentro de um armário embaixo da escada. Via os olhinhos dele reluzindo sob o foco da lanterna. Por alguns dias chegou a colocar um pouco de cereal perto da porta e viu que estava roído, mas logo parou com isso.

Quando chegou o verão e as persianas e telas estavam sendo retiradas, um dos homens encontrou um pequeno esqueleto. Tinha tufos de pelo grudados nele. Jogou-o numa lata de lixo.

Quando o homem foi embora, Breavman pescou o esqueleto e foi correndo mostrar a Krantz. Disse que era o esqueleto do primeiro rato e que agora Krantz podia fazer o funeral que tanto queria. Krantz disse que não queria um esqueleto velho e fedorento; tinha um rato com vida agora. Breavman falou que tudo bem, mas ele teria que admitir que estavam quites. Krantz admitiu.

Breavman enterrou-o embaixo dos amores-perfeitos, de onde a cada manhã o pai tirava uma flor para a lapela. Breavman passou a sentir a fragrância delas com novo interesse.

SETE

Bertha, volta aqui, sua teimosa, volta e me seduz a subir de novo na árvore da tortura. Tira-me do quarto das mulheres fáceis. Tira tudo o que é seu por direito. A mulher que tive ontem à noite trai o homem que paga seu aluguel.

Era assim que Breavman invocava o espírito de Bertha em muitas manhãs quando tinha seus vinte e poucos anos.

Então volta a ter os ossos de um franguinho. O nariz se retrai da impressionante proeminência semita à obscuridade gentia da infância. Os pelos do corpo desvanecem feito um oásis condenado. Ele é leve o bastante para barras ou galhos de macieira. Japoneses e alemães estão errados.

"Vai tocar agora, Bertha?"

Ele a havia seguido a um lugar perigoso da árvore.

"Mais alto!", ela diz.

Até as maçãs tremem. O sol incide na flauta que ela carrega, dando à madeira polida um lampejo cromado.

"Agora?"

"Primeiro você tem que falar alguma coisa sobre Deus."

"Deus é um babaca."

"Ah, isso não foi nada. Assim eu não toco."

O céu está azul e as nuvens se deslocam. Há frutas podres no chão quilômetros abaixo.

"Deus fede."

"Alguma coisa terrível, horrivelmente suja, seu gato medroso. Um palavrão de verdade."

"Deus, vai se foder!"

Ele espera que o vento feroz o arranque do galho e o atire desmembrado na grama.

"DEUS, VAI SE FODER!"

Breavman vê Krantz agachado ao lado de uma mangueira enrolada descosturando uma bola de beisebol.

"Ei, Krantz, escuta essa. DEUS, VAI SE FODER!"

Breavman nunca ouvira a própria voz soar tão pura. O ar é um microfone.

Bertha sai da sua frágil posição para bater na bochecha dele com a flauta.

"Boca-suja!"

"A ideia foi sua."

Ela bate de novo, por piedade, e enquanto cai, através dos galhos, faz algumas maçãs se soltarem. Não se ouve sua voz durante a queda.

Krantz e Breavman examinam o corpo dela por um segundo, retorcido numa posição que jamais conseguiria nem mesmo como ginasta. O brando rosto saxão ainda mais estático pelos óculos de aro de aço intactos. Um osso afiado do braço lhe havia saído pela pele.

Depois da ambulância, Breavman sussurrou:

"Krantz, tem alguma coisa de especial na minha voz."

"Não tem não."

"Tem sim. Consigo fazer coisas acontecerem."

"Você é maluco."

"Quer ouvir minhas resoluções?"

"Não."

"Eu prometo ficar sem falar por uma semana. Eu prometo aprender a tocar sozinho. Assim o número de pessoas que sabe tocar flauta no mundo continua o mesmo."

"E o que tem de bom nisso?"
"É óbvio, Krantz."

OITO

O pai dele resolveu se levantar da cadeira.
"Estou falando com você, Lawrence!"
"Seu pai está falando com você, Lawrence", a mãe servia de intérprete.
Breavman tentou uma última e desesperada pantomima.
"Escute a respiração do seu pai."
O velho Breavman calculou o gasto de energia, preferiu correr o risco, e deu com as costas da mão no rosto do filho.
Os lábios ficaram inchados, mas não a ponto de deixar de ensaiar "Old Black Joe".* Disseram que ela viveria. Mas ele não desistiu. Seria um a mais.

NOVE

Japoneses e alemães eram belos inimigos. Tinham dentes de cavalo ou usavam monóculos assustadores e davam ordens num inglês tosco e cuspido. Começaram a guerra porque essa era sua natureza.
Os navios da Cruz Vermelha devem ser bombardeados; todos os paraquedistas, metralhados. O uniforme deles era exagerado, deco-

* Folk norte-americano de autoria de Stephen Foster, gravado por Paul Robeson em 1930. [N.T.]

rado com caveiras. Mantinham-se eretos na hora de comer e riam diante de pedidos de misericórdia.

Não executavam nada referente à guerra sem um quê de exultação pervertida.

E, o melhor de tudo, torturavam. Para obter segredos, para fazer sopa, para dar o exemplo a cidades de heróis. Mas principalmente torturavam por diversão, por causa de sua natureza.

Histórias em quadrinhos, filmes e programas de rádio centravam o entretenimento em torno da tortura. Nada fascina mais uma criança do que uma história de tortura. Com a mais clara consciência, com patriótica intensidade, as crianças sonhavam, conversavam, interpretavam orgias de abusos físicos. A imaginação ganhava asas para vagar numa missão de reconhecimento de Calvary a Dachau.

Crianças europeias morriam de fome e viam os pais fazerem planos e morrer. Aqui crescemos com chicotes de brinquedo. Advertência prematura contra nossos futuros líderes, os filhos da guerra.

DEZ

Eles tinham Lisa, tinham a garagem, precisavam de linha, um fio vermelho para fazer o sangue.

Não podiam entrar no fundo da garagem sem o cordão vermelho.

Breavman lembrou-se de um carretel.

O gaveteiro da cozinha era um degrau de escada encontrado na lata do lixo, que está um degrau abaixo da lata de lixo da rua, que está um degrau abaixo dos caminhões de lixo com processador automático parecidos com casco de tatu, que estão um degrau abaixo das misteriosas pilhas de lixo fedorentas da periferia de St. Lawrence.

"Que tal um bom copo de leite com chocolate?"

Ele gostaria que sua mãe respeitasse as prioridades.

Oh, esse é o mais perfeito gaveteiro, mesmo quando se está com pressa.

Ao lado da caixa de costura toda emaranhada estão tocos de velas guardados, de anos de noites de Shabat, na expectativa de economizar em caso de furacões, chaves de latão de fechaduras que foram trocadas (é difícil jogar fora algo tão preciso e bem-feito como uma chave de metal), penas de canetas com restos de tinta seca que podiam ser limpas se alguém se desse ao trabalho (a mãe ensinaria a empregada), palitos de dente que nunca usavam (muito menos nos dentes), a tesoura quebrada (a nova ficava em outra gaveta: dez anos depois ainda se referiam a ela como "a nova"), borrachas de vedação de potes gastas (tomates em conserva, verdes, malignos, com a pele esticada), maçanetas, nozes, todos os detritos domésticos que a avareza não dispensa.

Enfiou o dedo às cegas na caixa de costura porque as gavetas não podiam nunca ser totalmente abertas.

"Um biscoito pequeno, um belo pedaço de pão de mel, tem um pacote inteiro de macarrão aqui?"

Ah, vermelho vivo!

Os vergões dançam pelo corpo imaginário de Lisa.

"Morangos", disse a mãe como se fosse um adeus.

Existe uma maneira própria das crianças para entrar em garagens, celeiros, sótãos, do mesmo modo como entram em grandes salões e pequenas capelas. Garagens, celeiros e sótãos são sempre mais velhos do que os edifícios aos quais estão acostumadas. Possuem o ar soturno e reverente de imensos gaveteiros de cozinha. São museus amigáveis.

Era escuro lá dentro, recendia a óleo e folhas do ano anterior se quebravam quando se moviam. Pedaços de metal, as lâminas das pás e latas cintilavam na umidade.

"Você é a americana", disse Krantz.

"Não, não sou", falou Lisa.

"Vocês são os americanos", disse Breavman. "Dois contra um."

O ratatatá de Breavman e Krantz era bem pesado. Lisa surgiu com uma ousada manobra através da escuridão, de braços abertos.

"Ehehehehehehеh", gaguejavam as metralhadoras dela.

Ela foi atingida.

Despencou num espetacular voo entrecortado, saltando do avião no último instante. Balançando de um pé para o outro, flutuou pelo céu, olhando para baixo, sabendo que sua hora havia chegado.

Que excelente dançarina, pensou Breavman.

Lisa observava Krantz se aproximar.

"*Achtung. Heil, Hitler!* Você agora é prisioneira do Terceiro Reich."

"Eu engoli os planos."

"Temos nossas métodos."

Ela é forçada a se deitar no catre.

"Só no bumbum."

Nossa, como é branco, um branco puro.

As nádegas dela foram chicoteadas de modo indolor com o fio vermelho.

"Vire-se", ordenou Breavman.

"A regra era: só no bumbum", Lisa protestou.

"Isso foi da última vez", argumentou Krantz, o legalista.

Ela tinha que tirar a blusa também, e o catre desapareceu debaixo dela, que flutuou na penumbra outonal da garagem, meio metro acima do piso de pedra.

Oh, minha nossa, minha...

Breavman não quis chicoteá-la quando chegou sua vez. Havia flores brancas emanando de todos os poros dela.

"O que deu nele? Vou me vestir."

"O Terceiro Reich não tolera desobediência", disse Krantz.

"Vamos segurá-la?", sugeriu Breavman.

"Ela vai fazer muito barulho", disse Krantz.

Agora fora da brincadeira, ela pediu que ficassem de costas enquanto colocava o vestido. A luz do sol que deixou entrar ao ir embora transformou a garagem numa garagem. Ficaram sentados em silêncio, o chicote vermelho se perdera.

"Vamos, Breavman."

"Ela é perfeita, não é, Krantz?"

"O que ela tem de tão perfeita?"

"Você viu. Ela é perfeita."

"Até mais, Breavman."

Breavman saiu atrás dele no quintal.

"Ela é perfeita, Krantz, você não achou?"

Krantz tampou os ouvidos com os indicadores. Passaram pela Árvore de Bertha. Krantz começou a correr.

"Ela era mesmo perfeita, você tem que admitir, Krantz."

Krantz era mais rápido.

ONZE

Um dos primeiros pecados de Breavman foi se esgueirar furtivamente para dar uma olhada na arma. O pai a mantinha numa penteadeira entre sua cama e a da mulher.

Era um 38 imenso num respeitável coldre de couro. Nome, patente e regimento gravados no cano. Letal, anguloso, preciso, latente na gaveta escura com seu potencial de perigo. O metal estava sempre frio.

O som mecânico de quando Breavman pôs o cão para trás era o maravilhoso som de toda conquista científica assassina. Clique! – era como o estalo de um dente de engrenagem.

As balas pequenas e rombudas foram só roçadas com a unha do polegar.

Se houvesse alemães descendo a rua agora...

Quando o pai se casara, havia jurado matar qualquer um que tomasse liberdades com a esposa. A mãe contava a história como se fosse piada. Breavman acreditou nas palavras. Tivera a visão de uma pilha de cadáveres de todos os homens que um dia haviam sorrido para ela.

O pai tinha um cardiologista caríssimo chamado Farley. Estava sempre por perto, tanto que poderiam até tê-lo chamado de tio se fossem desse tipo de família. Enquanto o pai sufocava na tenda de oxigênio do Royal Victoria, o doutor Farley beijara a mãe no corredor da casa deles. Foi um beijo delicado para consolar uma mulher infeliz, trocado entre duas pessoas que já haviam passado por muitas crises juntas.

Breavman pensou se não seria melhor pegar a arma e acabar logo com ele.

Mas quem cuidaria do pai?

Não faz muito tempo Breavman ficou olhando a mãe ler o *Star*. Ela baixou o jornal e um sorriso tchekhoviano de jardim de cerejeiras perdidas desanuviou seu rosto. Acabara de ler o obituário de Farley.

"Um homem tão bonito." Parecia estar pensando em filmes tristes de Joan Crawford. "Ele quis que me casasse com ele."

"Antes ou depois que o meu pai morreu?"

"Não seja bobo."

O pai era um sujeito organizado, arrumava a cesta de costura da esposa quando achava que estava ficando bagunçada, gritava quando os chinelos de toda a família não estavam alinhados embaixo da cama de cada um.

Era um homem gordo de riso fácil para todos, menos para os irmãos.

Era tão gordo, e os irmãos tão altos e magros, que não era justo, não era justo, por que teve que morrer o gordo, já não bastava a gordura e a falta de fôlego, por que não um dos bonitos?

A arma provava que ele havia sido guerreiro um dia.

Havia fotos de seu irmão nos jornais por conta dos esforços de guerra. Foi ele quem deu o primeiro livro ao filho, *O romance do exército do rei*, um grosso volume em homenagem aos regimentos britânicos.

K-K-K-Katy, ele cantava quando podia.

O que gostava mesmo era de mecânica. Era capaz de percorrer quilômetros para ver uma máquina que cortava um cano de um jeito e não de outro. A família o achava um pouco tonto. Emprestava dinheiro aos amigos e empregados sem pestanejar. Deram-lhe livros de poesia no bar mitzvah. Breavman tem até hoje os livros encadernados em couro e fica admirado a cada página que encontra ainda intacta.

"Leia esses também, Lawrence."

Conhecendo as aves
Conhecendo as árvores
Conhecendo os insetos
Conhecendo as pedras

Ele olhava para o pai na cama impecável, branca, sempre arrumada, ainda com cheiro de seu tônico capilar Vitalis. Havia algo azedo dentro daquele corpo cada vez mais macio, algum inimigo, alguma fraqueza de coração.

Rasgou os livros quando o pai adoeceu. Não sabia por que odiava aqueles diagramas detalhados e páginas coloridas. Nós sabemos. Era para desdenhar aquele mundo de detalhes, informação, precisão, todo o falso conhecimento que não pode interferir na decadência.

Breavman perambulava pela casa esperando um tiro para dar o sinal. Aquilo os ensinaria, aos bem-sucedidos, aos eloquentes, aos construtores de sinagogas, a todos os irmãos maiorais que davam um passo à frente rumo à glória pública. Ficava à espera do estrondo de um 38 que limparia a casa e traria uma mudança terrível. A arma ficava bem do lado da cama. À espera de que o pai desse um tiro no coração.

"Traga para mim as medalhas da gaveta de cima."

Breavman levou-as até a cama. Fitas vermelhas e douradas se entrelaçavam como numa aquarela. Com algum esforço o pai espetou-as na blusa de Breavman.

Breavman estacou, atento, pronto para receber palavras de despedida.

"Não gostou delas? Está sempre de olho nelas."

"Oh, sim."

"Pare de ficar se esticando como um maldito tolo. São suas."
"Obrigado, senhor."
"Bem, agora saia, vá brincar com elas. Diga à sua mãe que não quero ver ninguém, e isso inclui meus famosos irmãos."
Breavman desceu as escadas e destrancou a porta do armário onde ficava o equipamento de pesca do pai. Passou horas imaginando, colocando todas as varas de salmão juntas, recolhendo e soltando a linha de cobre no molinete, lidando com iscas e anzóis perigosos.
Como o pai poderia um dia ter manejado aquelas armas belas e pesadas, aquele corpo inchado na cama branca e bem arrumada?
Onde estava o corpo que atravessava de botas o leito dos rios?

DOZE

Muitos anos depois, contando tudo isso, Breavman se interrompeu:
"Shell, quantos homens sabem dessas pequenas cicatrizes que você tem nas orelhas? Quantos além de mim, o grande arqueólogo de lóbulos de orelhas?"
"Não tantos quanto você pensa."
"Não estou dizendo os dois ou três, ou cinquenta, que os beijaram com lábios de todo dia. Mas nas suas fantasias quantos fizeram algo impossível com a boca?"
"Lawrence, por favor, estamos deitados juntos aqui. Você parece que está querendo estragar a noite."
"Diria que batalhões."
Ela não respondeu, e seu silêncio a fez se afastar um pouco mais do corpo dele.
"Conte mais sobre Bertha, Krantz e Lisa."
"Tudo o que eu contar será um álibi para uma outra coisa."
"Então vamos ficar em silêncio juntos."

"Tinha visto Lisa antes desse dia na garagem. Devíamos ter cinco ou seis anos."

Breavman encarou Shell e descreveu o quarto ensolarado de Lisa, repleto de brinquedos caros. Cavalinhos elétricos de balanço. Bonecas em tamanho natural que andavam sozinhas. Tudo ali fazia barulho ou acendia quando apertado.

Escondiam-se na escuridão debaixo da cama, com as mãos cheias de segredos e novos aromas, à espreita dos empregados, vendo o sol deslizar pelo linóleo onde havia um conto de fadas recortado e colado.

Os sapatos gigantescos da governanta vieram se arrastando até bem perto.

"Que bonito, Lawrence."

"Mas é tudo mentira. Aconteceu, mas é mentira. A Árvore de Bertha é mentira, embora ela tenha mesmo caído lá de cima. Naquela noite, depois de brincar com as varas de pesca do meu pai, entrei furtivamente no quarto deles. Os dois estavam dormindo, cada um em sua cama. Havia lua. Estavam deitados na mesma posição, o rosto voltado para o teto. Sabia que se desse um grito apenas um deles acordaria."

"Foi na noite em que ele morreu?"

"Não importa como uma coisa acontece."

Ele começou a beijar-lhe os ombros e o rosto e, embora a estivesse machucando com unhas e dentes, ela não reclamou.

"Seu corpo nunca vai ser familiar."

TREZE

Depois do café da manhã, seis homens entraram na casa e trouxeram o caixão para a sala. Era surpreendentemente grande, feito numa madeira de carmesim, alças de latão. Havia neve nas roupas deles.

Subitamente, a sala parecia mais formal do que nunca para Breavman. Sua mãe olhou de soslaio.

Colocaram-no sobre um cavalete e começaram a abrir a tampa que parecia um gabinete.

"Fechem, fechem isso, não estamos na Rússia!"

Breavman cerrou os olhos e esperou o clique da tampa. Mas aqueles homens que ganhavam a vida entre enlutados moviam-se sem fazer ruído. Tinham ido embora quando abriu os olhos.

"Por que pediu que fechassem, mãe?"

"Já basta como está."

Os espelhos da casa estavam embaçados, como se o vidro tivesse sofrido com uma estranha geada dentro de casa após um longo inverno. A mãe ficou sozinha no quarto. Breavman sentou inerte na cama e tentou lutar contra a raiva com uma emoção mais suave.

O caixão estava emparelhado ao sofá.

Pessoas sussurrando começaram a se reunir na saleta da entrada e na varanda.

Breavman e a mãe desceram a escada. O sol da tarde de inverno reluzia nas meias pretas da mãe e conferia a quem chegava para o velório uma silhueta dourada. Ele conseguia ver carros estacionados e neve suja sobre as cabeças.

Ficaram bem juntos, os tios atrás deles. Amigos e operários da fábrica da família amontoavam-se na saleta, na varanda e no caminho do jardim. Os tios, altos e solenes, tocaram seus ombros com as mãos de unhas feitas.

Mas a mãe ficou arrasada. O caixão foi aberto.

Ele estava enrolado em seda, envolto num xale de orações prateado. O bigode florescia áspero e negro contra o rosto branco. Parecia contrariado, como se estivesse prestes a acordar, escapar da caixa ofensivamente enfeitada e continuar a dormir no seu confortável sofá Chesterfield.

O cemitério era como uma cidade alpina, as lápides como casinhas adormecidas. Os coveiros pareciam irreverentes e informais em seus uniformes de trabalho. Um tapete de grama artificial foi aberto sobre os montes exumados de lama congelada. O caixão desceu por um sistema de polias.

Na volta para casa, foram servidos bagels e ovos cozidos, formas da eternidade. Os tios entretinham amigos da família. Breavman os odiava. Ele olhou por baixo da barba de seu tio-avô e perguntou por que não estava de gravata.

Era o filho mais velho do filho mais velho.

A família foi embora por último. Velórios são tão organizados. Só sobraram os pratinhos debruados em ouro repletos de migalhas e sementes de cominho.

Metros de cortinas rendadas detinham parte da luz da pequena lua de inverno.

"Você olhou para ele, mãe?"

"Claro."

"Ele parecia um louco, não é?"

"Pobrezinho."

"E o bigode estava bem preto. Como se tivesse sido feito com lápis de sobrancelha."

"Está tarde demais, Lawrence..."

"Está tarde mesmo, certo. Nunca mais o veremos."

"Você está proibido de usar esse tom de voz com a sua mãe."

"Por que você pediu que fechassem o caixão? Por quê? Podíamos ter ficado olhando para ele mais uma manhã inteira."

"Já para a cama!"

"Droga, sua desgraçada, bruxa!", ele improvisou num grito.

A noite toda ficou ouvindo a mãe na cozinha, chorando e comendo.

QUATORZE

Eis aqui uma foto colorida, a maior em um mural de antepassados.

Seu pai está com um terno inglês e toda a compostura inglesa possível de ser tecida numa roupa. Uma gravata cor de vinho com um nó minúsculo, firme, que brota como uma gárgula. Na lapela, um broche da Legião Canadense, mais sem graça do que uma joia. O rosto de queixo duplo brilha de razão vitoriana e decência, embora os olhos de avelã sejam um pouco suaves demais e fixos, a boca cheia demais, semita, magoada.

O bigode brutal reina sobre lábios sensíveis como um credor desconfiado.

O sangue, que ele morreu cuspindo, não se vê, mas empapa no queixo enquanto Breavman analisa o retrato.

Ele é um dos príncipes da religião particular de Breavman, uma religião de natureza ambígua e arbitrária. É o irmão perseguido, o quase poeta, o inocente das máquinas de brinquedo, o juiz suspirante que escuta mas não sentencia.

É também a pesada Autoridade, armada do Direito Divino, que pratica impiedosa violência contra tudo o que é fraco, tabu, anti-Breavman.

Enquanto Breavman o homenageia, imagina se seu pai de fato escuta ou apenas carimba selos em decretos.

Agora ele se enquadra mais passivamente na moldura dourada e sua expressão se torna mais distante como as outras das fotografias mais antigas. As roupas começam a parecer datadas e quase fantasias. Ele pode descansar. Breavman herdou todas as suas preocupações.

No dia seguinte ao velório, Breavman abriu uma das gravatas-borboletas do pai e dentro costurou uma mensagem. Enterrou-a no jardim, embaixo da neve, ao lado da cerca por onde no verão se infiltravam os lírios-do-vale dos vizinhos.

QUINZE

Lisa tinha cabelo preto e liso de Cleópatra, que balançava em madeixas sobre os ombros quando corria ou saltava. Suas pernas eram compridas e bem torneadas, embelezadas pelo exercício natural. Seus olhos eram grandes, de pálpebras pesadas, sonhadores.

Breavman achou que talvez sonhasse como ele, com intrigas e grandes feitos, mas não, seus olhos largos divagavam imaginando a bela casa que comandaria, a cria de que seria mãe, o homem que iria acalentar.

Cresceram e foram se cansando das brincadeiras no campo ao lado da Árvore de Bertha. Não queriam mais se enfiar embaixo da varanda de alguém brincando de esconde-esconde. Não queriam ter que suportar mais outro pega-pega. Não queriam mais desenhar um círculo mágico com um ponto no meio num único traço. Pe-coi-pe-sa pe-de pe-cri-pe-an-pe-ça. Pe-vã-pe-mos pe-em-pe-bo-pe-ra, sussurravam. Não queriam saber com quem estava.

Eram melhores as brincadeiras da carne, do amor, da curiosidade. Abandonaram o pique-bandeira no parque e sentaram-se num banco perto do lago onde as babás fofocavam e as crianças soltavam barcos de brinquedo.

Ele queria saber tudo sobre ela. Deixavam-na ouvir O Sombra ("As sementes do crime produzem frutos amargos. Quem sabe o mal que se esconde no coração dos homens? O Sombra sabe, hehehehehehehehheh")? Alan Young não era mesmo incrível? Especialmente o personagem com aquela voz excêntrica: "Ai, ai, ai, venha colher os botões de rosa do meu cabelo". Não é que a única parte boa do programa de Charlie McCarthy era quando o boneco Mortimer Snerd entrava? Ela gostava de *Gangbusters*? Queria ouvir a imitação que ele fazia do carro do Besouro Verde, pilotado pelo fiel ajudante filipino, Cato, ou o tema de The Whistler?* Não era um bom tema?

Alguma vez, ela já tinha sido chamada de Judia Suja?

Ficaram quietos, e as babás e os bebês loiros retomaram o controle do universo.

E como era não ter pai?

A pessoa amadurecia. Você mesmo corta a carne, senta no lugar que era dele.

Lisa escutava, e Breavman, pela primeira vez, sentiu-se dignificado, ou melhor, dramatizado. A morte do pai lhe dera um toque de mistério, o contato com o desconhecido. Podia falar com mais autoridade sobre Deus e o Inferno.

As babás chamaram as crianças, recolheram os barquinhos e foram embora. A superfície do lago ficou lisa. Os ponteiros do relógio no Chalet marcaram a hora do jantar, mas eles continuaram conversando.

Deram as mãos, beijaram-se uma vez quando já estava escuro o bastante, uma luz dourada atravessando os arbustos espinhosos. Então caminharam lentamente para casa, sem dar as mãos, mas esbarrando um no outro.

Breavman sentou-se à mesa tentando entender por que estava sem fome. Sua mãe elogiou as costeletas de carneiro.

* Todos programas de rádio dos anos 1940, alguns deles adaptados mais tarde para a televisão. [N.T.]

DEZESSEIS

Sempre que podiam faziam a brincadeira favorita deles, Soldado e Prostituta. Eles brincavam em qualquer quarto onde estivessem. Ele estava de partida para o *front* e ela era uma prostituta da DeBullion Street.

Toc, toc, a porta abria devagar.

Cumprimentavam-se dando as mãos e ele coçava a palma da mão dela com o indicador.

Assim engajavam-se naquela misteriosa atividade cujos detalhes os adultos timidamente mantêm ocultos sob nomes franceses, iídiches, soletrando as palavras; aquele ritual velado com base no qual comediantes de casas noturnas constroem a carreira; aquele conhecimento inatingível que as pessoas adultas detêm para garantir sua autoridade.

A brincadeira proibia palavrões ou grosserias. Ignoravam o aspecto sórdido dos bordéis, se é que existe mesmo algum. Achavam que eram uma espécie de palácio dos prazeres, locais que lhes eram proibidos arbitrariamente, como os cinemas de Montreal.

As prostitutas eram mulheres ideais assim como os soldados eram homens ideais.

"Vai pagar agora?"

"Aqui está todo o meu dinheiro, gatinha."

DEZESSETE

Dos sete aos onze é um grande pedaço da vida, cheio de tédio e esquecimento. Dizem que lentamente vamos perdendo o dom de falar com os bichos, que os pássaros já não visitam nossa janela para conversar. Conforme os olhos vão se acostumando a ver, blindam-se contra a fantasia. Flores que eram do tamanho de um pinheiro voltam para os vasos de barro. Até o terror diminui. Gigantas e gigantes do quarto de infância encolhem-se em professoras chatas e pais piedosos. Breavman havia esquecido tudo o que aprendera com o pequeno corpo de Lisa.

Oh, como a vida deles havia se esvaziado desde o tempo em que engatinhavam sob a cama até se levantarem nas patas de trás!

Agora ansiavam por conhecimento, mas se despir era um pecado. Tornaram-se assim presa fácil de postais, revistas pornográficas, artigos eróticos caseiros trocados no vestiário da escola. Tornaram-se *connoisseurs* de escultura e pintura. Conheciam todos os livros da biblioteca que traziam as melhores reproduções, as mais reveladoras.

Como seria a aparência dos corpos?

A mãe de Lisa dera de presente à filha um livro a respeito, onde procuraram em vão informações mais diretas. Havia frases como "o templo do corpo humano", o que podia ser verdade, mas onde estavam os pelos e as reentrâncias? Desejavam imagens claras, não uma página em branco com um ponto no centro e uma legenda desanimadora: "Imagine só! O espermatozoide masculino é mil vezes menor do que isto".

Sendo assim, usavam roupas leves. Ele tinha uma bermuda verde que ela adorava por ser fina. Ela tinha um vestido amarelo que era o favorito dele. Essa situação deu origem à grande exclamação lírica de Lisa:

"Amanhã você põe a sua bermuda verde de seda; eu venho com meu vestido amarelo, assim vai ser melhor."

A privação é a mãe da poesia.

Ele estava prestes a encomendar pelo correio uma publicação anunciada numa revista de cartas eróticas que prometia a entrega em papel pardo, discreto, quando, durante uma das buscas periódicas nas gavetas da empregada, encontrou o minicine de cartucho.

Era feito na França e continha pouco mais de meio metro de filme. Você segurava contra a luz, girava um botão e via tudo.

Louvado seja este filme, que desapareceu com a empregada na vastidão da paisagem canadense.

O título estava em inglês, com cativante simplicidade, *Trinta maneiras de foder*. As cenas não se pareciam nada com os filmes pornográficos de que Breavman mais tarde teria conhecimento e os quais devoraria, com homens e mulheres acrobáticos encenando enredos forçados e sórdidos.

Os atores eram belos seres humanos, felizes com a carreira no cinema. Não eram refugos esquálidos, culpados, desesperadamente alegres que interpretavam para um público de clube masculino. Nada de sorrisos lascivos para a câmera, nem piscadelas e lamber de beiços, nenhum abuso do órgão feminino com cigarros ou garrafas de cerveja, nenhuma disposição engenhosa e artificial dos corpos.

Cada quadro reluzia de ternura e deleite apaixonado.

Este pequeno trecho de filme, se amplamente exibido nos cinemas canadenses, seria capaz de revitalizar os casamentos tediosos que, dizem, abundam em nosso país.

Onde está você, operária do dispositivo supremo? O National Film Board precisa de você. Envelhecendo em Winnipeg?

O filme terminava com uma demonstração da grandiosa, democrática e universal prática do amor físico. Havia casais indianos, chineses, negros e árabes, todos sem os trajes típicos.

Volta, empregada, em nome do Federalismo Mundial.

Apontavam o minicine para a janela e solenemente o passavam para trás e para frente.

Sabiam que seria daquele jeito.

A janela dava para a colina do Murray Park, do outro lado do centro comercial da cidade, rio St. Lawrence abaixo, com as montanhas americanas lá longe. Quando não era sua vez, Breavman olhava a vista. Por que ninguém estava trabalhando?

Havia duas crianças abraçadas numa janela, cuja sabedoria tirava-lhes o fôlego.

Não podiam se afobar e fazer aquilo ali naquela hora. Não estavam livres de intrusos. E não era só isso, crianças possuem um sentido altamente desenvolvido de ritual e formalidade. Era importante. Precisavam decidir se estavam mesmo apaixonados. Porque uma coisa as imagens mostravam: era preciso estar amando. Achavam que estavam, mas se dariam uma semana para ter certeza.

Abraçaram-se de novo, no que pensaram ser um dos últimos abraços totalmente vestidos.

Como Breavman poderia se lamentar? Foi a própria Natureza que interveio.

Três dias antes da quinta, dia de folga da empregada, encontraram-se no lugar marcado, o banco ao lado do lago no parque. Lisa estava tímida, mas resolvida a ser direta e franca, como era de seu temperamento.

"Não posso fazer isso com você."

"Seus pais não vão se mudar?"

"Não é isso. Ontem à noite veio A Regra."

Ela tocou a mão dele com orgulho.

"Oh."

"Sabe o que é?"

"Claro."

Ele não fazia a mais remota ideia.

"Mas mesmo assim seria tudo bem, não?"

"Só que agora eu posso ter neném. A minha mãe me contou ontem à noite. Ela já estava com tudo pronto para mim, toalhas, uma cinta só minha, tudo."

"Sério?"

Do que ela estava falando? Aquela regra parecia uma intervenção celeste contra o prazer dele.

"Ela me explicou a coisa toda, como no minicine."

"Você contou sobre o nosso minicine?"

Não se podia confiar em nada, no mundo inteiro, em ninguém.

"Ela jurou que não ia contar para outra pessoa."

"Era segredo."

"Não fique triste. A gente conversou bastante. Contei sobre nós também. Sabe, vou precisar me comportar como uma dama agora. As meninas precisam se comportar como mais velhas que os meninos."

"Quem está triste?"

Ela se reclinou no banco e segurou a mão dele.

"Mas você não está feliz por mim?", ela riu. "Por ter chegado A Regra? Estou feliz agora!"

DEZOITO

Logo ela penetraria os ritos da juventude feminina. Voltou do acampamento meio palmo mais alta que Breavman, com seios que alteravam até mesmo uma blusa grossa.

"Oi, Lisa."

"Olá, Lawrence."

Ia se encontrar com a mãe no centro, iria de avião a Nova York comprar roupas. Estava vestida com aquele tipo de austeridade que conferia a qualquer menina de treze anos uma beleza pungente. Nenhuma das extravagâncias de mau gosto de que são hoje devotas as judias e gentias de Westmount.

Adeus.

Viu-a se distanciar dele à medida que crescia, não com tristeza, mas maravilhado. Aos quinze, era uma grande dama com toques de batom e lhe era permitido um cigarro de vez em quando.

Ficou sentado na velha janela vendo os meninos mais velhos chamarem por ela no carro dos pais. Maravilhava-se de pensar que um dia beijara aquela boca que agora lidava com cigarros. Vendo-a ser conduzida para dentro daqueles carros compridos por rapazes de cachecóis brancos, vendo-a se sentar como uma duquesa numa carruagem enquanto fechavam a porta e passavam correndo diante do motor e entravam empolados do lado do motorista, era difícil acreditar que um dia tivera uma parte daquela beleza e graça.

Ei, você esqueceu uma dessas suas delicadas fragrâncias.

DEZENOVE

Luvas de pele no jardim de inverno.

Em alguns anos, o jardim de inverno, que não passava de uma varanda fechada nos fundos da casa, era usado para guardar as roupas de frio.

Breavman, Krantz e Philip entraram no cômodo sem nenhum motivo especial. Ficaram olhando o parque e os tenistas por aquelas janelas.

Havia o som regular das bolas devolvidas e rebatidas e o som histérico de uma mosca se debatendo contra a janela.

O pai de Breavman estava morto. O de Krantz estava quase sempre fora, mas o de Philip era rígido. Não deixava Philip usar topete *pompadour*. Tinha que alisá-lo até o couro cabeludo com um tônico capilar do século XIX.

Naquela tarde histórica, Philip deu uma olhada e o que encontrou foi um par de luvas de pele.

Ele vestiu uma delas e sentou-se sobre uma pilha de cobertores.

Breavman e Krantz, que eram crianças perspicazes, sabiam que a luva de pele não era parte integrante da prática.

Todos concordaram que tinha cheiro de água sanitária. Philip lavou-a na pia.

"Os católicos acham que é pecado", explicou.

VINTE

Breavman e Shell estavam perto do lago. A neblina da noite se acumulava na outra margem como dunas de areia. Estavam deitados num saco de dormir duplo ao lado da fogueira, feita de gravetos que haviam recolhido naquela tarde. Ele queria contar tudo para ela.

"Eu ainda acho."

"Eu também", ela disse.

"Li que o Rousseau só fez a coisa certa no fim da vida. Acredito que existe um tipo de pessoa criativa que é assim. Trabalha o dia inteiro para disciplinar a imaginação de modo que é então que se sente mais à vontade. Nenhuma mulher real, corpórea, pode dar a ele o prazer das próprias criações. Shell, não me deixe assustá-la com o que estou dizendo."

"Mas isso não nos separaria completamente?"

Apertaram as mãos e observaram as estrelas na parte escura do céu; onde a lua brilhava, ficavam apagadas. Ela contou que o amava.

No meio do lago, um mergulhão enlouqueceu.

VINTE E UM

Depois do distinto verão de vestidos amarelos e bermudas verdes, Lisa e Breavman pouco se viram. Mas um dia, no inverno seguinte, lutariam na neve.

Para Breavman, o episódio está circunscrito numa espécie de moldura de cantos pretos que o separa das lembranças que tem dela.

Foi após a aula na escola judaica. Pegaram-se voltando juntos para casa. Cortaram pelo parque. A lua, quase cheia, prateava a neve.

A luz parecia vir por baixo da neve. Quando quebraram a crosta com as botas, a neve solta do chão brilhava ainda mais.

Tentaram andar pela crosta sem quebrá-la. Ambos com seus livros de hebraico, trechos específicos da Torá que estudavam na época.

A competição de andar sobre a crosta levou a outros desafios: bolas de neve, testes de equilíbrio nas partes congeladas, duelo de empurrões e por fim um combate pessoal que começou divertido mas terminou numa luta séria.

Foi no alto da colina, perto de uma fileira de álamos. Breavman recorda dele como uma paisagem de Brueghel: duas figuras pequenas encapotadas se agarrando numa desastrada batalha vista através de ramos congelados.

A certa altura, Breavman descobriu que não sairia ganhando. Lutou para ficar por cima dela, mas não conseguiu. Sentia-se escorregar. Ainda estavam segurando os livros de hebraico. Atirou o seu como um último recurso ofensivo, mas não a acertou, e perdeu.

A neve não estava fria. Lisa manteve-se sobre ele num estranho triunfo feminino. Breavman engoliu um pouco de neve.

"E vai ter que beijar o Sidur."

Era obrigatório beijar um livro sagrado que caísse no chão.

"Nem morto que eu vou!"

Foi engatinhando até os livros, juntou-os com desdém e se levantou.

O que Breavman lembra melhor daquela briga é do luar frio e das árvores quebradiças, e da humilhação de uma derrota que não só era amarga como antinatural.

VINTE E DOIS

Ele leu tudo o que encontrou sobre hipnose. Escondia os livros atrás de uma cortina e lia com a lanterna.

Ali estava o verdadeiro mundo.

Havia uma longa seção chamada “Como hipnotizar animais”. Ilustrações aterradoras de galos com olhos vítreos.

Breavman se imaginava um São Francisco militante, comandando o mundo por intermédio dos rebanhos e manadas fiéis. Macacos como sátrapas obedientes. Bandos de pombos dispostos a cometer suicídio contra aviões inimigos. Hienas guarda-costas. Imensos corais de rouxinóis triunfantes.

Tovarich, batizado em nome do pacto Stálin-Hitler, jazia adormecido na varanda ao sol da tarde. Breavman estava agachado e balançava o pêndulo que fizera de um dólar de prata furado. O cachorro abriu os olhos, cheirou para se assegurar de que não era comida, e voltou a dormir.

Mas seria um sono natural?

Os vizinhos tinham um pôster com um bassê chamado Cognac. Breavman procurou um escravo naqueles olhos dourados.

Funcionou!

Ou seria apenas a tarde preguiçosa, úmida?

Teve que pular a cerca para chegar ao fox terrier de Lisa que deixara imobilizado sentado a centímetros de uma tigela de ração Pard.

Você será bem recompensado, cachorro da Lisa.

Após o quinto sucesso, a exultação com seu poder obscuro conduziu-o ao longo do bulevar, correndo a esmo e dando risada.

Toda uma rua de cachorros paralisados! A cidade se descortinava diante dele. Teria um agente em cada lar. Só precisaria assoviar.

Talvez Krantz merecesse uma província.

Assoviar, só isso. Mas não havia por que arriscar essa perspectiva com um teste tão rude. Enfiou as mãos nos bolsos e flutuou para casa no segredo de sua revolução.

VINTE E TRÊS

Naquela idade das trevas, princípio de adolescência, ele era quase um palmo mais baixo que a maioria dos amigos.

Mas foram os amigos que se sentiram humilhados quando ele teve que subir num banquinho para enxergar por sobre o púlpito ao cantar seu bar mitzvah. Não se importou como olharia para a congregação: o bisavô havia construído a sinagoga.

Meninos baixos deviam sair com meninas mais baixas. Essa era a regra. Mas ele sabia que as garotas mais altas e difíceis facilmente baixavam a guarda com histórias e alguma conversa.

Os amigos insistiam que seu tamanho era uma aflição terrível e acabaram por convencê-lo. Convenceram-no com seus centímetros a mais, centímetros de carne e osso.

Não entendia o mistério de como os corpos aumentavam, como o ar e a comida funcionavam para eles. Como conseguiam enganar o universo? Por que o céu não estava cooperando?

Começou a pensar em si mesmo como O Minúsculo Conspirador, O Anão Astuto.

Trabalhou com afinco num par de sapatos. Arrancou os saltos de um velho par e tentou pregá-los no seu. A borracha não segurou muito bem os pregos. Precisava tomar cuidado.

Isso se dava nos fundos do porão de sua casa, tradicional oficina de lançadores de bombas e desordeiros da sociedade.

Ali estava ele, uma polegada mais alto, sentindo uma mescla de vergonha e habilidade manual. Nada como ter cérebro, não? Ele foi tropeçando pelo chão de concreto e caiu de cara.

Havia esquecido completamente o desespero de alguns minutos antes. Que voltou ao sentar de dor no chão, olhando para uma lâmpada nua. O salto arrancado que o derrubara jazia encolhido como um roedor a cerca de um metro dele, com os pregos para cima feito presas afiadas.

Faltavam quinze minutos para a festa. E Muffin andava com um grupo mais velho, portanto mais alto.

Havia rumores de que Muffin enchia o sutiã com lenços de papel. Resolveu aplicar a mesma técnica. Cuidadosamente, colocou uma plataforma de Kleenex dentro de cada sapato. O que levantou seus calcanhares até a borda do couro, deixando a barra da calça bem baixa.

Algumas voltas pisando no concreto deixaram-no satisfeito com seu poder de manobra. O pânico diminuiu. A ciência voltou a triunfar.

Luzes fluorescentes ocultas pelo forro falso de gesso iluminavam o teto. Lá estava o bar espelhado de sempre com as garrafas-miniatura e bibelôs de vidro. Assentos com encosto alinhavam-se junto a uma das paredes, onde havia pintado um mural de beberrões de diversas nacionalidades em tons pastel. Os Breavman não aprovavam porões com revestimento.

Dançou bem por meia hora e então os pés começaram a doer. O Kleenex se deformara sob os arcos dos pés. Depois de mais dois discos de *jitterburg* mal conseguia andar. Entrou no banheiro e tentou ajeitar os lenços, mas haviam endurecido numa bola compacta. Pensou em tirar logo os dois, porém imaginou a expressão de surpresa e horror dos demais com sua estatura reduzida.

Enfiou metade do pé no sapato, colocou a bola entre o salto e a palmilha, pisou firme, e deu o laço no cadarço. Uma dor pungente subia-lhe pelos tornozelos.

O trenzinho do *bunny hop* quase acabou com ele. No meio da fila, esmagado entre a menina cuja cintura segurava e a menina que segurava a sua cintura, a música alta e repetitiva, todo mundo cantando um, dois, um-dois-três, os pés fugindo ao controle por causa da dor, ele pensou: o Inferno deve ser assim, um eterno *bunny hop* de pés machucados do qual não se pode sair.

Ela com os seios falsos, eu com meus pés fajutos, ah! malditos lenços Kleenex!

Uma das luzes fluorescentes piscava. As paredes tinham um aspecto doentio. Talvez todo mundo ali, cada uma daquelas pessoas no trenzinho, estivesse usando um artefato Kleenex postiço. Talvez alguns tivessem narizes falsos Kleenex e orelhas Kleenex e mãos Kleenex. Ficou deprimido.

Agora tocava sua música favorita. Ele queria dançar colado com Muffin, fechar os olhos em meio àqueles cabelos que ela acabara de lavar.

> *... the girl I call my own*
> *will wear cotton and laces and smell of cologne.**

Mas ele mal conseguia ficar de pé. Tinha que alternar o apoio de um pé para o outro para suportar a dor em doses iguais. Muitas vezes essas mudanças não correspondiam ao ritmo da música e pioravam seu desempenho já imperfeito com um toque abobalhado. Quando o passo manco ficou mais pronunciado, foi obrigado a abraçar Muffin um pouco mais para manter o equilíbrio.

"Aqui não", ela sussurrou em seu ouvido. "Meus pais só vão voltar para casa mais tarde."

Nem esse agradável convite suavizou o desconforto. Agarrou-se

* "The Girl That I Marry" (1946), canção de Irving Berlin para o musical *Annie Get Your Gun*, gravada no mesmo ano por Frank Sinatra. A letra original traz *satin* (cetim) em lugar de *cotton* (algodão). Literalmente: "A garota que será minha usará algodão e renda e terá cheiro de colônia". [N.T.]

a ela e manobrou em meio à multidão até uma parte da pista onde podia justificadamente limitar seus movimentos.

"Oh, Larry!"

"Não perca tempo!"

Até para os sofisticados padrões do grupo mais velho ele dançava perigosamente colado. Aceitou o papel cavalheiresco em que a dor o lançava e mordiscou a orelha dela, por ter ouvido dizer que havia isso de se mordiscar a orelha.

"Apaguemos as luzes", rosnou, para espanto de todos aqueles abusados.

Eles se mandaram da festa, e a caminhada foi uma marcha forçada de proporções bataânicas.* Andar bem junto dela transformou sua deficiência em demonstração de afeto. Na subida, os Kleenex escorregaram de volta para os arcos dos pés.

Um alarme anunciando neblina vindo do rio da cidade chegou a Westmount, e ele estremeceu com aquele som.

"Preciso lhe contar uma coisa, Muffin. Depois você precisa me contar outra."

Muffin não quis sentar na grama por causa do vestido, mas talvez ele lhe pedisse que fossem em frente. Ela recusaria, mas que festa teria sido. A confissão que estava prestes a oferecer cortou seu fôlego, e ele confundiu medo com amor.

Chutou os sapatos, tirou as bolas de Kleenex e as colocou como um segredo no decote do vestido dela.

O pesadelo de Muffin estava só começando.

"Agora abra o seu."

"Do que está falando?", ela quis saber com uma voz que a deixou surpresa de tão parecida com a da própria mãe.

Breavman apontou para o coração dela.

"Não tenha vergonha. Vamos."

* Refere-se à batalha de Bataan, nas Filipinas, entre norte-americanos e japoneses (1941-42). [N.T.]

Ele tentou abrir o botão de cima e recebeu suas bolas de Kleenex na cara.

"Sai daqui!"

Breavman resolveu deixá-la ir. A casa dela não era muito longe. Mexeu os dedos do pé e esfregou as solas. Não estava condenado ao *bunny hop* afinal, não com aquelas pessoas. Arremessou os lenços embolados na sarjeta e foi correndo para casa, de sapatos na mão.

Deu a volta até o parque e correu sobre o chão encharcado até que a visão o detivesse. Arranjou os sapatos como tenentes em formação ao lado dos pés.

Ficou estupefato com a amplidão de folhagens verde-escuras, as luzes austeras da cidade, o brilho turvo do St. Lawrence.

Uma cidade era uma grande conquista, pontes eram algo belo de se construir. Mas as ruas, portos, torres de pedra, tudo desaparecia afinal no berço mais amplo da montanha e do céu.

Um calafrio subiu-lhe pela espinha ao se ver envolvido no misterioso mecanismo da cidade e das colinas escuras.

Pai, sou ignorante.

Ele dominaria as regras e técnicas da cidade, como eram escolhidas as ruas de mão única, como funcionava a bolsa de valores, o que fazia um tabelião.

Não era um infernal *bunny hop* se você soubesse o verdadeiro nome das coisas. Estudaria folhas e cortiças, visitaria pedreiras como seu pai tinha feito.

Adeus, mundo de Kleenex.

Pegou os sapatos, caminhou até os arbustos, pulou a cerca que separava sua casa do parque.

Linhas negras, como uma tempestade desenhada em nanquim, precipitaram-se do céu em seu auxílio, ele era capaz de jurar. A casa onde entrou era tão importante quanto um museu.

VINTE E QUATRO

Krantz tinha fama de louco, de vez em quando era visto fumando dois cigarros ao mesmo tempo pelas ruas obscuras de Westmount.

Era pequeno e forte, o rosto triangular, com olhos quase orientais. Um retrato na sala de jantar de sua casa, pintado, como sua mãe gostava de informar às pessoas, pelo mesmo artista "que fez o do governador-geral", mostra um menino encapetado de orelhas pontudas, cabelos pretos encaracolados, lábios de borboleta como num quadro de Rossetti e uma expressão de generosa superioridade, um alheamento (desde aquela idade) tão calmo que não chegava a perturbar ninguém.

Sentaram-se uma noite no jardim de alguém, dois talmudistas, deliciando-se com a própria dialética, que era um disfarce para o amor. Foi uma conversa furiosa, conversa de menino descobrindo como é bom não estar sozinho.

"Krantz, sei que odeia esse tipo de pergunta, mas, se não se importar de fazer uma declaração à queima-roupa, eu agradeceria. Até onde você sabe – isto é, de acordo com o tamanho do próprio conhecimento –, existe alguém neste planeta que chegue perto em idiotice do primeiro-ministro?"

"O rabino Swort?"

"Krantz, você realmente iguala o rabino Swort, que, pelo que todo mundo sabe, não é exatamente o Messias nem mesmo um mensageiro secundário da Redenção, você seriamente sugere que o rabino Swort é páreo para a pura e completa chatice do nosso líder nacional?"

"Sim, Breavman, eu acho isso, sim."

"Suponho que tenha lá seus motivos."

"Tenho sim, Breavman, você sabe que tenho."

Outrora houve gigantes sobre a terra.

Juraram não cair no conto dos carrões, do amor de cinema, da Ameaça Vermelha, ou da revista *New Yorker*.

Gigantes mortos insepultos.

Certo, é bom que as pessoas não morram de fome, que as epidemias sejam controladas, que os clássicos estejam disponíveis em histórias em quadrinhos, mas e as velhas realidades cafonas, verdade e diversão?

A modelo da foto não era a ideia deles de graça, a Bomba não era a ideia de poder, as obrigações durante o Shabat não eram a ideia de Deus.

"Krantz, é verdade que somos mesmo judeus?"

"É o que ouvi dizer, Breavman."

"Você se sente judeu, Krantz?"

"Completamente."

"Você sente que os seus dentes são judeus?"

"Principalmente meus dentes, sem falar na minha bola esquerda."

"A gente não deveria nunca fazer piada, mas isso que estamos falando agora me lembra das fotos dos campos de concentração."

"É verdade."

Eles não deviam ser um povo sagrado e devotado à pureza, ao serviço e à honestidade espiritual? Não eram um país à parte?

Por que a ideia de uma santidade zelosamente preservada degenerou num dissimulado desdém pelos gentios, destituído de autocrítica?

Os pais eram traidores.

Haviam vendido o senso de destino em troca de uma vitória israelense no deserto. A caridade se tornara uma competição social na qual ninguém dava nada de que realmente precisasse, como uma moeda atirada, sendo os prêmios o reconhecimento da riqueza e um lugar de destaque no Livro dos Doadores.

Traidores presunçosos que acreditavam que a plenitude espiritual havia sido alcançada porque Einstein e Heifetz eram judeus.

Se pelo menos conseguissem conhecer as garotas certas. Aí sim conseguiriam sair daquele atoleiro. Não garotas Kleenex.

Breavman pensa com seus botões quantos quilômetros pelas ruas de Montreal ele e Krantz percorreram de carro ou a pé, à espreita das duas garotas que cosmicamente haviam sido escolhidas para serem suas amantes e companheiras. Noites quentes de verão em meio à multidão no Lafontaine Park, procurando com afinco jovens olhos femininos, sabiam que a qualquer momento duas beldades se destacariam do grupo e lhes dariam o braço. Krantz ao volante do Buick do pai, dirigindo por entre cercas de neve empilhada de cada lado das travessas estreitas do *east end*, numa velocidade morosa porque caía uma nevasca, sabiam que duas figuras sairiam por uma porta, bateriam com timidez nos vidros congelados do carro, e seriam elas.

Se escolhessem os lugares certos na montanha-russa, os cabelos das meninas soprariam em seus rostos. Se fossem para o norte passar um fim de semana esquiando e ficassem no hotel certo, escutariam o lindo som de garotas se despindo no quarto ao lado. E, se caminhassem quase vinte quilômetros pela St. Catherine Street, não havia como prever quem acabariam encontrando.

"Vou poder pegar o Lincoln hoje à noite, Breavman."

"Ótimo. O centro vai estar lotado."

"Ótimo. Podemos dar umas voltas."

E assim iam de carro, feito turistas americanos em busca de aventura, quase invisíveis no banco da frente de um dos imensos automóveis dos Krantzstone, até que todo mundo tivesse ido embora para casa e as ruas ficassem vazias. Ainda assim continuavam a ronda, pois as garotas que desejavam talvez preferissem ruas desertas. Então, quando estivesse evidente que não apareceriam naquela noite em particular, iriam até a beira do lago e ficariam circulando a água negra do lago St. Louis.

"Como você acha que deve ser se afogar, Krantz?"

"Acho que a pessoa já apaga depois de engolir só um pouquinho de água."

"Quanto?"

"Acho que dá para se afogar até numa banheira."

"Até com um copo d'água, Krantz."

"Num pano molhado, Breavman."

"Num Kleenex umedecido. Ei, Krantz, este seria um bom jeito de matar um cara, com água. Você pega o sujeito e pinga um colírio, uma gota de cada vez. Depois ele é encontrado afogado no próprio escritório. Um grande mistério."

"Não daria certo, Breavman. Como você faria para mantê-lo parado? Haveria sinais de luta ou de cordas no cara."

"Mas talvez desse certo. Encontrariam o sujeito debruçado na escrivaninha e ninguém saberia como morreu. Laudo do legista: morte por afogamento. E ele não ia ao litoral há dez anos."

"Os alemães usavam muita água nas torturas. Enfiavam uma mangueira no rabo do cara e faziam ele falar."

"Genial, Krantz. Os japoneses também tinham uma coisa parecida. Faziam o sujeito comer muito arroz cru e depois o obrigavam a beber um litro de água. O arroz inchava e..."

"É, ouvi falar dessa."

"Mas, Krantz, quer ouvir a pior de todas? E foram os americanos que fizeram essa. Escuta só, capturavam um japonês no campo de batalha e faziam o cara engolir cinco ou seis cartuchos de rifle. Depois faziam o cara correr e pular. Os cartuchos despedaçavam o estômago. Ele morria de hemorragia interna. Soldados americanos."

"E que tal aquilo de jogar bebês para o alto para praticar com as baionetas?"

"Quem fez isso?"

"Os dois lados."

"Isso não é nada, Krantz, já faziam isso na Bíblia. 'Felizes aqueles que esmagam seus pequenos sobre uma pedra'."

Dez mil conversas desse tipo. Breavman se lembra de umas oito mil delas. Peculiaridades, horrores, maravilhas. Até hoje conversam. Conforme ficaram mais velhos, os horrores se tornaram mentais, as peculiaridades, sexuais, as maravilhas, religiosas.

E enquanto conversavam o carro disparava pelas estradas estropiadas do interior e o All Night Record Man rodava seus discos nostálgicos a noite inteira, e um a um os casais iam embora nos carros do Edgewater, do Maple Leaf, do El Paso. As perigosas correntezas do lago St. Louis rodopiavam sobre os marujos amadores do iate clube afogados no fim de semana, os primeiros empregados chegando a Montreal inspiravam o ar fresco pelo qual haviam pagado ingresso, e vislumbrar a perspectiva de pais esperando acordados tornava aqueles minutos de conversa mais doces. Paradoxos, bravatas, problemas dissolvidos pela fascinante dialética.

Nossa, não havia nada que não pudéssemos fazer.

VINTE E CINCO

Suspensa no meio do teto, uma esfera espelhada fazia girar um turbilhão de marcas de catapora sobre as paredes do imenso Palais D'Or no começo da Stanley Street.

As paredes todas pareciam enormes queijos suíços deteriorados em movimento.

No palco, uma banda de músicos com cabelos brilhantes sentava-se atrás de pesadas estantes vermelhas e brancas e soprava arranjos de *standards*.

There's but one place for me
Near you.
It's like heaven to be
Near you[*]

[*] "Near You" (1947), grande sucesso de Francis Craig, com letra de Kermit Goell. Literalmente: "Só existe um lugar para mim, perto de ti. É como estar no céu ficar perto de ti". [N.T.]

ecoava friamente sobre os poucos casais na pista. Breavman e Krantz tinham chegado cedo demais. Não havia como esperar mágica.

"Baile errado, Breavman."

Às dez a pista estava lotada de casais elegantes, e, olhando do mezanino, os giros e o balanço pareciam alimentar-se diretamente da pulsação da música, que eles abafavam, absorvendo o impacto. Baixo e piano e a constante caixa com vassourinha passavam quase em silêncio para dentro de seus corpos, onde eram preservados como movimento.

Só o trompetista inclinado para trás, afastando-se do microfone e apontando o instrumento para os giros da esfera espelhada, conseguia furar com um grito agudo e longo o ar enfumaçado, espiralado como uma corda de salvamento sobre figuras saltitantes. E desaparecia quando o naipe voltava a atacar.

"Baile certo, Krantz."

Desprezavam diversas demonstrações públicas nesses dias de ronda, mas não desdenhavam o Palais D'Or. Era muito grande. Não havia nada superficial em mil pessoas profundamente aplicadas em rituais galantes, o balanço dos fragmentos de luz refletida dançando sobre rostos imóveis de olhos fechados, âmbar, verde, lilás. Só podiam ficar impressionados, fascinados com a violência canalizada e a organização voluntária.

Por que dançavam conforme a música, Breavman se perguntava do mezanino, por que se submetiam a seus ditames?

Quando começava uma música, tomavam posição na pista, obedecendo ao tempo, rápido ou lento, e quando a música acabava voltavam a se espalhar em desordem, como um batalhão disperso por uma mina terrestre.

"O que é preciso fazer para que prestem atenção, Krantz? Por que não derrubam a plataforma dos mezaninos?"

"Vamos descer e arranjar mulher."

"Logo mais."

"O que está olhando?"

"Estou planejando uma catástrofe."

Observavam os casais dançando em silêncio e era como se pudessem ouvir os pais falando.

Todos que dançavam ali eram católicos, franco-canadenses, antissemitas, *antianglais*, simpatizantes da guerra. Contavam tudo aos padres, apavorados pela igreja, ajoelhavam-se em capelas úmidas recendendo a cera onde deixavam penduradas muletas e próteses velhas e sujas. Todos ali trabalhavam para algum fabricante judeu que odiavam e de quem esperavam se vingar. Tinham dentes podres porque viviam de Pepsi e tortas de chocolate Mae West. As garotas ou eram empregadas ou operárias das fábricas. Os vestidos eram muito chamativos e dava para ver a alça do sutiã por baixo do pano fino. Cabelos crespos e perfume barato. Trepavam como coelhos e na confissão o padre os perdoava. Eram a gentalha. Deem-lhes uma chance e incendiarão a sinagoga. Pepsis. Frogs. Fransoyzen.

Breavman e Krantz sabiam que os pais eram preconceituosos, de modo que tentavam ser contra qualquer opinião que tivessem. Nem sempre conseguiam. Queriam participar daquela vitalidade, mas sentiam que havia algo vagamente sujo naquela diversão toda, mexer com garotas, dar gargalhadas, passar a mão.

As garotas podiam até ser bonitas, mas todas usavam dentes postiços.

"Krantz, acho que somos os dois únicos judeus neste lugar."

"Não, acabei de ver uns na paquera não faz nem dois minutos."

"Bem, somos os únicos judeus de Westmount então."

"O Bernie também está aí."

"Certo, Krantz. Sou o único judeu da Wellgreen Avenue. Quero ver agora."

"Certo, Breavman, você é o único judeu da Wellgreen Avenue no Palais D'Or."

"É importante fazer algumas distinções."

"Vamos atrás de mulher."

Junto a uma das portas do salão principal havia um grupinho de jovens. Discutiam alegremente em francês, com empurrões, tapinhas nas costas, derrubando Coca-Cola.

Os caçadores se aproximaram do grupo e instantaneamente a animação mudou. Os franceses deram um passinho para trás e Krantz e Breavman convidaram as garotas que haviam escolhido. Falaram em francês, mas aquilo não enganava ninguém. As meninas trocaram olhares entre si e com os membros do grupo. Um dos franceses generosamente pôs os braços no ombro da garota que Breavman havia tirado para dançar e entregou-a a ele, dando um tapinha nas costas de Breavman ao mesmo tempo.

Dançaram parecendo dois presuntos. A boca dela estava cheia de obturações. Ele sabia que acabaria sentindo o hálito dela a noite inteira.

"Vem sempre aqui, Yvette?"

"Sabe como é, de vez em quando, para me divertir."

"Eu também. *Moi aussi.*"

Disse a ela que ainda estava no colégio, que não trabalhava.

"Você é italiano?"

"Não."

"Inglês?"

"Sou judeu."

Não contou que era o único da Wellgreen Avenue.

"Meus irmãos trabalham para os judeus."

"Ah, é?"

"São bons patrões."

A dança não foi agradável. Ela não era atraente, mas o mistério de sua origem racial desafiava uma investigação. Ele a devolveu aos amigos. Krantz também terminou de dançar.

"Como ela era, Krantz?"

"Não sei. Não falava inglês."

Ficaram mais algum tempo por ali, bebendo Crush, inclinando--se na mureta do mezanino para fazer comentários sobre a multidão que dançava lá embaixo. O ar estava denso de fumaça agora. A banda tocava ora um frenético *jitterburg,* ou um lento foxtrote, sem nada entremeando. Após cada número, a multidão ficava impaciente para começar o próximo.

Já era tarde. As desprezadas que tomavam chá de cadeira e os que haviam levado um fora não esperavam mais milagres. Perfilavam-se ao longo das três paredes observando as disputadas dançarinas com esgares indiferentes. Algumas garotas já recolhiam os casacos para ir embora.

"As blusas novas não adiantaram, Krantz."

Visto de cima, o movimento na pista agora era frenético. Logo o trompetista apontaria o instrumento para a fumaça e atacaria a última canção de Hoagy Carmichael, e seria o fim. Agora cada pulsação da banda convergia diante da perspectiva do fim da noite e do silêncio. Agora era inebriar-se de rostos colados e olhos fechados com canções sonhadoras. No *boogie-woogie* buscar o alimento feito maná e misturá-lo entre os corpos que se afastavam e tornavam a se aproximar.

"Vamos dançar mais uma, Breavman?"

"As mesmas garotas?"

"Pode ser."

Breavman se inclinou sobre a mureta mais um segundo e desejou estar fazendo um discurso histérico para a massa compacta lá de baixo.

... e vocês precisam me ouvir, amigos, estranhos, estou unindo uma geração à outra, ó povo simples de incontáveis ruas, latam, latam, vaiem, sangrem, suas longas escadas se enroscam ao redor do meu coração como uma videira...

Desceram e encontraram as garotas com o mesmo grupo. Era um erro, na mesma hora perceberam. Yvette deu um passo à frente como que para contar algo a Breavman, mas um dos rapazes a deteve.

"Vocês gostaram das meninas, não é?", disse ele, o fanfarrão do grupo. Seu sorriso era mais triunfante do que amistoso.

"Claro que gostamos. Algum problema nisso?"

"Onde moram, vocês dois?"

Breavman e Krantz sabiam o que eles queriam ouvir. Westmount é uma série de grandes casas de pedra e árvores luxuriantes agrupadas no topo de uma montanha especialmente para humilhar os menos privilegiados.

"Westmount", falaram em uníssono.

"Vocês já não têm as garotas de Westmount?"

Não tiveram chance de responder. No último segundo antes de caírem de costas por cima dos comparsas agachados atrás deles perceberam uma troca de sinais. O líder do bando e um amigo deram um passo adiante e os empurraram. Breavman perdeu o equilíbrio e, ao cair, o sujeito agachado atrás dele se levantou e transformou o tombo num giro pelo ar. Breavman despencou de barriga no chão, algumas meninas que encontrara antes gritaram acima dele. Breavman olhou para cima e viu Krantz de pé, com o punho esquerdo na cara de alguém e o direito fechado nas costas, pronto para socar. Estava quase se levantando quando um rapaz gordo resolveu que não deveria se levantar e mergulhou em cima dele.

"*Reste là, maudit juif!*"*

Breavman lutava sob camadas de carne, sem tentar derrotar o gordinho, mas apenas para sair debaixo dele e poder defender uma posição mais ereta e honrosa. Conseguiu se espremer e escapar. Onde estava Krantz?

Devia haver umas vinte pessoas brigando. Aqui e ali podia ver meninas nas pontas dos pés como se estivessem com medo de ratos, enquanto os meninos se atracavam no chão entre elas.

Ele deu a volta, esperando ser atacado. O gordinho estrangulava outra pessoa. Ele socou um estranho. Era uma gota na grande onda da história, anônimo, exultante, livre.

"Ó amiguinhos, gritai, esbravejai, guerreiros obscuros, shazam, pou!", berrou em sua felicidade.

* "Parado aí, judeu maldito!" [N.T.]

Correndo escada abaixo vieram três seguranças da gerência e o que mais temiam começou a acontecer. A briga se espalhara pela pista de dança. A banda tocava alto uma canção romântica, mas um ruído confuso já se fazia ouvir em oposição à música.

Breavman agitava os punhos para qualquer um, acertando em pouquíssimos. Os seguranças estavam perto dele, separando brigas individuais. No outro lado do salão os casais ainda dançavam colado e em paz, mas do lado de Breavman o ritmo se desintegrava em braços esmurrando, socos às cegas, estocadas e gritos femininos.

Os seguranças contiveram a balbúrdia como donas de casa obstinadas com uma mancha se espalhando, separando os briguentos pelos colarinhos e jogando-os para os lados enquanto avançavam briga adentro pela pista de dança.

Um homem subiu no palco e berrou alguma coisa para o líder da banda, que deu uma olhada ao redor e deu de ombros. As luzes fortes se acenderam e as curiosas paredes coloridas desapareceram. A música parou.

Todo mundo acordou. Um ruído como um lamento de luto nacional ergueu-se e ao mesmo tempo a briga terminou no salão como moléculas entrópicas liberadas. Ver a massa de casais dançando mudar para uma massa de lutadores havia sido como assistir a um imenso animal altamente organizado sucumbir com convulsões musculares.

Krantz agarrou-se a Breavman.

"Senhor Breavman?"

"Krantzstone, presumo."

Foram em direção à porta da frente, que já estava abarrotada de refugiados. Ninguém queria mais buscar o casaco.

"Não diga nada, Breavman."

"Certo, então não vou dizer, Krantz."

Saíram assim que a polícia chegou, uns vinte deles em seus carros e um furgão Black Maria. Entraram com milagrosa facilidade.

Os meninos esperaram no banco da frente do Lincoln. O paletó de Krantz estava sem a lapela. O Palais D'Or começou a expulsar as vítimas.

"Coitados dos caras lá dentro, Breavman – mas não diga nada", acrescentou rapidamente ao ver que Breavman assumia sua expressão mística.

"Não vou falar nada, Krantz, não vou nem mesmo sussurrar que planejei tudo lá do camarote e pus meu plano em ação por meio de hipnose coletiva."

"Você tinha que falar, não é?"

"Eles zombaram de nós, Krantz. Derrubamos os pilares e destruímos o templo dos filisteus."

Krantz engatou segunda, com exagerado cansaço.

"Vamos lá, Breavman. Você tinha que falar."

VINTE E SEIS

Ele adoraria ter ouvido Hitler ou Mussolini sob o camarote de mármore, ter visto os *partigiani* suspendendo-o de ponta-cabeça; torcedores de hóquei lincharem a comissão técnica; as hordas negras ou amarelas dando o troco nos pequenos prepostos de seus inimigos coloniais; o lamentoso povo do interior aplaudindo os construtores de estradas de queixo duro; torcedores de futebol arrancando as traves do gramado; a plateia em fuga do cinema pisotear as crianças de Montreal no famoso incêndio; 500 mil rangidos de dentes diante de qualquer saudação; incontáveis traseiros árabes virados para o Ocidente; os cálices do altar tremendo com o amém da congregação.

E eis onde ele gostaria de ter estado: 1) no camarote de mármore; 2) na cabine de imprensa; 3) na sala de projeção; 4) na tribuna de honra; 5) no minarete; 6) no Santo Tabernáculo.

E em cada um desses casos queria estar cercado pela mais armada, atenta, cruel, leal, mais proeminente, envolta em couro, tecnicamente lobotomizada escolta policial pesada que o dinheiro pudesse comprar.

VINTE E SETE

Existe coisa mais bonita do que uma menina com um alaúde?

Não era um alaúde. Heather, a empregada dos Breavman, arranhava um ukulele. Ela era de Alberta, falava com uma voz fanhosa, estava sempre cantando lamentos e ensaiando vocais tiroleses.

Os acordes eram muito difíceis. Breavman tocou a mão dela e concordou que as cordas acabavam com seus dedos. Ela conhecia todos os caubóis do cinema e negociava os autógrafos deles.

Era uma garota rechonchuda e bonita de vinte anos, com maçãs do rosto coloridas como as de uma boneca de porcelana. Breavman a escolhera para sua primeira vítima de sono hipnótico.

Uma verdadeira camponesa canadense.

Tentou fazer a oferta parecer atraente.

“Você vai se sentir ótima quando acordar.”

Claro, ela piscou e se ajeitou no sofá do porão entulhado de coisas. Se pelo menos funcionasse.

Balançou seu lápis amarelo como um pêndulo, devagar, diante dos olhos dela.

“Suas pálpebras estão pesadas como chumbo no seu rosto...”

Ficou balançando o pêndulo por dez minutos. As pálpebras largas ficaram mais pesadas e lentas. Ela seguia o lápis com dificuldade.

“E sua respiração está ficando profunda e regular...”

Logo ela soltou um suspiro, respirou fundo, expirou como uma bêbada, com dificuldade, exaurida.

Agora as pálpebras quase não se moviam. Ele mal podia acreditar que havia ordenado tais alterações nela. Talvez estivesse brincando.

"Você está caindo para trás, o seu corpo é minúsculo e está caindo para trás, ficando menor, cada vez menor, e você só consegue ouvir a minha voz..."

A respiração dela estava suave e ele sabia que seu hálito devia ter o aroma da brisa.

Sentia como se estivesse com as mãos por sob sua blusa, por baixo da pele e das costelas, e manipulasse seus pulmões, que eram como balões de seda.

"Você está dormindo", ordenou num sussurro.

Tocou o rosto dela com descrença.

Será que se tornara mesmo um mestre? Ela devia estar de brincadeira.

"Está dormindo?"

O sim veio exalado, roufenho, disforme.

"Você não está sentindo mais nada. Absolutamente nada. Está entendendo?"

O mesmo sim.

Enfiou uma agulha no lóbulo de sua orelha. Estava estupefato com seu novo poder. Toda a energia dela estava a seu dispor.

Queria correr pelas ruas com um sino intimando toda a cética cidade. Nascia um novo mágico no mundo.

Ele não tinha interesse em furar orelhas com agulhas.

Breavman havia lido os livros. Uma pessoa hipnotizada não pode ser compelida a fazer nada que consideraria indecente quando acordada. Mas havia meios. Por exemplo, uma mulher discreta podia ser induzida a tirar a roupa diante de uma plateia masculina se o hipnotizador conseguisse sugerir uma situação em que tal atitude fosse natural, como um banho na privacidade do lar, ou tomar sol nua num local deserto e abafado.

"Está quente, você nunca sentiu tanto calor. Sua blusa pesa uma tonelada. Você está suando feito uma porca..."

Enquanto ela se despia Breavman continuava pensando nas ilustrações de seu livro, *Hipnose ao alcance de todos*, em papel barato, que já sabia de cor. Desenhos de homens ferozes inclinados sobre mulheres sorridentes e adormecidas. Zigue-zagues de eletricidade emanando por baixo das grossas sobrancelhas ou das pontas de seus dedos de pianista.

Oh, ela era, ela era, realmente, ela era adorável.

Nunca tinha visto uma mulher tão nua. Percorreu com as mãos todo o seu corpo. Estava aturdido, feliz e apavorado diante de todas as autoridades espirituais do universo. Não conseguia tirar da cabeça que presidia a uma Missa Negra. Os seios estavam estranhamente esparramados porque ela estava deitada de costas. O monte de vênus foi uma surpresa e ele o cobriu maravilhado com a mão em concha. Cobriu o corpo dela inteiro com as mãos trêmulas feito detectores de minas. Então sentou-se para observá-la, feito Cortez diante de seu novo oceano. Era afinal por aquilo que havia esperado tanto tempo. Não ficou desapontado e nunca ficaria. A luz de tungstênio era como a lua.

Abriu a braguilha e disse-lhe que estava segurando uma vareta. O coração bateu forte.

Estava embriagado de alívio, conquista, culpa, experiência. Havia sêmen nas roupas dele. Disse a Heather que o despertador acabara de tocar. Já era de manhã, ela precisava se levantar. Entregou-lhe as roupas e lentamente ela se vestiu. Disse-lhe que não se lembraria de nada. Apressadamente tirou-a do sono. Queria ficar sozinho e contemplar seu triunfo.

Três horas depois ouviu risadas vindo do porão e achou que Heather podia estar com algumas amigas lá embaixo. Então ouviu melhor a risada e percebeu que não havia ninguém com ela.

Desceu correndo a escada. Graças a Deus sua mãe havia saído. Heather estava de pé no meio do porão, com as pernas afastadas, sofrendo contrações de pavor, dando risadas histéricas. Os olhos estavam virados para cima e mostravam só a parte branca. A cabeça atirada para trás, ela parecia estar prestes a cair. Ele a sacudiu. Sem resposta. As risadas se tornaram uma tosse terrível.

Eu a enlouqueci.

Ficou pensando qual seria sua pena. Estava sendo punido por um orgasmo ilícito e por ter poderes obscuros. Devia chamar um médico, tornar aquele pecado público agora mesmo? Será que alguém poderia curá-la?

Estava quase em pânico quando resolveu levá-la ao sofá e acomodá-la. Talvez devesse escondê-la no armário. Trancá-la num baú e esquecer tudo aquilo. Aqueles vaporizadores grandes do pai com suas iniciais pintadas em branco.

Bateu duas vezes no rosto dela, uma com cada lado da mão, como um investigador da Gestapo. Ela respirou, as maçãs do rosto se tingiram de vermelho e tornaram a empalidecer, e ela voltou a cuspir sua tosse gargalhada. Tinha saliva no queixo.

"Fique quieta, Heather!"

Para sua absoluta surpresa, ela parou de tossir.

Foi então que se deu conta de que ela ainda estava hipnotizada. Ordenou que se deitasse e fechasse os olhos. Restabeleceu o contato. Ela estava em sono profundo. Tentara trazê-la de volta rápido demais e não havia dado certo. Lentamente a trouxe de volta à completa vigília. Ela se sentiria renovada e alegre. Não se lembraria de nada.

Dessa vez ela voltou direito. Conversou com ela um pouco para ter certeza. Ela se levantou com um olhar intrigado e tateou os quadris.

"Ei! Minha calcinha!"

Espremida entre o sofá e a parede estava a calcinha cor-de-rosa de elástico. Ele havia esquecido de devolvê-la quando ela estava se vestindo.

Hábil e discretamente, ela pôs a calcinha.

Ele ficou esperando o castigo descomunal, a humilhação do superior, a queda de sua casa construída com orgulho.

"O que você andou aprontando?", ela perguntou com malícia, mexendo no queixo dele. "O que aconteceu enquanto eu dormia? Hein? Hein?"

"Do que você se lembra?"

Ela pôs a mão na cintura e abriu um sorriso para ele.

"Nunca achei que isso funcionasse. Nunca pensei que desse."

"Não aconteceu nada, Heather, juro."

"E o que a sua mãe diria? Diria para eu procurar outro emprego, isso sim."

Ela vasculhou o sofá e encarou-o com genuína admiração.

"Judeus", suspirou. "Educação."

Pouco depois desse assalto imaginário ela fugiu com um soldado desertor. Ele veio sozinho buscar as roupas dela e Breavman observou-o com inveja levar embora a mala de papelão e o ukulele sem uso. Na semana seguinte, a Polícia do Exército veio visitar a senhora Breavman, mas ela não sabia de nada.

Onde você está, Heather, por que não ficou para me apresentar aos ritos calorosos tão importantes? Talvez eu me endireitasse. Sem poemas, um barão da indústria, poderia ter me poupado dos livros de capa mole sobre estabilização do índice de rejeição escritos por analistas nova-iorquinos. Não gostou quando eu a trouxe de volta?

Às vezes Breavman gosta de pensar que ela está em algum lugar do mundo, não totalmente desperta, dormindo sob seu poder. E um homem de uniforme amarfanhado pergunta:

"Onde você está, Heather?"

LIVRO DOIS

UM

Breavman adora os quadros de Henri Rousseau, o modo como ele faz o tempo parar.

"Sempre" é a palavra mais adequada. O leão estará sempre cheirando a túnica da cigana adormecida, não haverá nenhum ataque, nenhuma víscera na areia: o encontro está todo expresso ali. A lua, mesmo condenada a viajar, jamais descerá sobre a cena. O alaúde abandonado não lamenta a falta de dedos. Está inchado com toda a música de que precisa.

No meio da floresta o leopardo tenta derrubar a vítima humana, que tomba mais devagar do que a Torre de Pisa. Jamais chegará ao chão enquanto estivermos olhando, ou mesmo se virarmos as costas. Está confortável em seu desequilíbrio. O emaranhado de folhas e membros fortalece as figuras, nem para o mal nem para o bem, mas naturalmente, como flores ou frutos. Mas o fato de ser uma função natural não diminui o mistério. Como a carne animal e a carnação vegetal se conectaram?

Em outro lugar, as raízes apoiam um casal ou um retrato de família. Você é o fotógrafo, mas não poderá jamais sair de sob o pano preto ou apertar o disparador de borracha, ou perder a imagem no vidro impregnado. Há violência e imobilidade: os humanos estão envolvidos, à vontade em ambas as situações. A floresta não é deles, suas roupas são citadinas, mas a floresta seria inóspita sem eles.

Onde quer que aconteça violência ou imobilidade, será o centro do quadro, não importa se minúsculo ou oculto. Cubra-o com o polegar e a folhagem morre.

DOIS

No seu primeiro ano da faculdade, num bar chamado Capela, Breavman se levantou para fazer um brinde:

"Garotas judias não são mais quentes do que gentias de nenhum outro setor da economia. Judias costumam ter pernas muito feias. Claro que estou generalizando. Na verdade, as novas judias americanas já estão vindo com pernas compridas e bonitas."

"As negras são tão complicadas quanto as outras. Não são melhores do que as brancas, com exceção, é claro, das anglo-saxãs de Upper Westmount, mas até uma ovelha bêbada é melhor do que elas. A língua delas não é mais áspera, nem têm nenhum atrativo especial nas partes lubrificadas. O segundo melhor boquete do mundo é de uma garota negra que por acaso eu conheço. Uma boca de 47 mil dólares."

"O melhor boquete do mundo (tecnicamente) é de uma puta franco-canadense chamada Yvette. O número do telefone dela é Chateau 2033. Ela tem uma boca de 90 mil dólares."

Ele levantou bem alto o copo turvo.

"Fico contente de poder divulgá-la aqui."

Sentou-se em meio às saudações dos camaradas, de repente cansado da própria voz. Era esperado para o jantar, mas não tinha telefonado para a mãe avisando. Obedientemente a nova dose de Pernod ficou branca.

Krantz se inclinou e sussurrou: "Belo discurso para um virgem de dezesseis anos fazer".

"Por que não me puxou?"

"Todo mundo adorou."

"Por que não me interrompeu?"

"Como se fosse possível interromper você, Breavman."

"Vamos dar o fora daqui, Krantz."

"Você consegue andar?"

"Não."

"Nem eu. Vamos."

Apoiaram-se mutuamente ao longo de suas ruas e vielas favoritas. Deixando cair livros e pastas. Gritaram histéricos para os táxis que passavam perto demais. Rasgaram um livro de economia e queimaram em sacrifício na escadaria de um banco da Sherbrooke Street. Prostraram-se na calçada. Krantz foi o primeiro a se levantar.

"Por que não está rezando, Krantz?"

"Vem vindo um carro."

"Grita para ele."

"É a polícia."

Entraram correndo por uma viela. Pararam ao sentir um cheiro delicioso, vindo pelo exaustor de um restaurante caro. Atiraram-se sobre as lixeiras.

"Breavman, você não vai acreditar em que eu quase mijo agora."

"Um cadáver? Uma peruca loira? Todo um grupo dos velhos de Sião? Uma bolsa esquecida de alguma babaca?"

"Psiu. Vem cá. Com cuidado."

Krantz acendeu um fósforo e os olhos de latão de uma rã cintilaram com o palito aceso. Os três pularam ao mesmo tempo. Krantz pegou-a amarrando um lenço.

"Deve ter escapado de um molho de alho."

"Vamos voltar e soltar todas. Fazer a rua ficar cheia de rãs livres. Ei, Krantz, estou com meu kit de dissecação!"

Optaram por uma cerimônia solene aos pés do Memorial da Guerra.

Breavman espalhou folhas soltas do livro de zoologia. Pegou a rã pelas pernas verdes de trás. Krantz interveio: "Sabe, isso vai acabar com a nossa noite. Vinha sendo muito boa, mas agora vai estragar tudo".

"Você tem razão, Krantz."

Ficaram ali em silêncio. A noite era imensa. Os faróis iluminavam toda a Dorchester Street. Eles não queriam estar ali, queriam estar numa festa com mil pessoas. A rã pedia para ser aberta como um velho despertador.

"Posso começar o procedimento, Krantz?"

"Pode."

"Hoje à noite seremos os encarregados da tortura. Os torturadores de sempre estão de folga."

Breavman balançou a cabeça de um jeito admirável e bateu na pedra lavrada. O toque estalado do tecido vivo se sobrepôs a todo o tráfego.

"Pelo menos isso abala o bicho."

Deitou a rã nas folhas brancas e prendeu-a ao livro com alfinetes pelas extremidades. Furou o abdômen de cor clara com o bisturi. Retirou a tesoura do kit e fez com ela uma longa incisão vertical, primeiro mais superficial e depois mais profunda na pele.

"Podemos parar agora, Krantz. A gente poderia buscar linha e consertar o bicho."

"Poderíamos", Krantz respondeu sonhadoramente.

Breavman pôs de volta a pele elástica. Empurraram de volta as entranhas, sentindo o bafo de álcool um do outro.

"Aqui está o coração."

Ergueu o órgão com a pontinha do bisturi.

"Então esse é o coração."

A bolsa de um cinza leitoso subia e descia, e eles ficaram olhando encantados. As pernas pareciam de mulher.

"Acho que é melhor continuar."

Removeu um a um os órgãos, pulmões, rins. Uma pedrinha e um besouro indigesto foram encontrados no estômago. Ele mostrava os músculos das coxas delicadas.

Ambos, cirurgião e espectador, pairando naquele transe. E por fim tirou o coração, que já parecia cansado e antigo, cor de saliva de velho, o primeiro coração do mundo.

"Se você colocar na água salgada continua batendo ainda um pouco mais."

Krantz despertou.

"Continua mesmo? Vamos fazer isso. Depressa!"

Breavman jogou o livro com a rã oca numa lixeira de arame pelo caminho. Segurava o coração em concha na mão, com medo de apertá-lo. O restaurante ficava a um minuto dali.

Não morra.

"Depressa! Pelo amor de Deus!"

Tudo teria uma segunda chance se conseguissem salvá-lo.

Escolheram um lugar afastado no restaurante iluminado. Onde estava a maldita garçonete?

"Olha só. Continua batendo."

Breavman colocou-o num prato de água salgada. Aquilo ainda suportou o próprio peso onze vezes. Contaram as batidas uma a uma e então permaneceram calados por algum tempo, os rostos perto da mesa, imóveis.

"Não está se parecendo com mais nada agora", disse Breavman.

"E qual deveria ser a aparência de um coração morto de rã?"

"Eu aposto que é assim que tudo de mal acontece, como hoje à noite."

Krantz apertou o ombro dele, com o rosto subitamente iluminado.

"É brilhante, isso que você disse é brilhante!"

Deu um tapa retumbante nas costas do amigo. "Você é um gênio, Breavman!"

Breavman ficou intrigado com a saída de Krantz para escapar da depressão. Elaborava em silêncio a observação dele.

"Está certo! Krantz, você está certo! E você também é, por ter percebido!"

Agarraram-se pelos ombros e sacudiram a mesa de Arborite, trocando cumprimentos e saudações em voz alta.

"Você é um gênio!"

"*Você* é um gênio!"

Derramaram a água salgada, que já não tinha serventia. Viraram a mesa. Eram gênios! Sabiam como as coisas aconteciam.

O gerente queria saber se não gostariam de ir embora.

TRÊS

A pesada moldura dourada da foto de seu pai foi a primeira coisa em que reparou. Parecia uma outra janela.

"Você está desperdiçando sua vida nessa cama, está trocando o dia pela noite", sua mãe gritou atrás da porta.

"Dá para me deixar em paz? Acabei de acordar."

Olhou por um longo tempo a estante de livros, observando o sol se deslocar do couro de Chaucer para o de Wordsworth. Bom sol, em harmonia com a história. Um pensamento reconfortante para o início da manhã. Só que já era o meio da tarde.

"Como pode desperdiçar a vida assim na cama? Como você faz isso comigo?"

"Estou num outro ciclo. Durmo tarde. Por favor, vá embora."

"O sol está lindo. Você vai acabar com a sua saúde."

"Continuo dormindo sete horas, só que durmo num horário diferente do seu."

"O sol está lindo", lamentou-se, "o parque, você poderia dar uma caminhada."

Por que estou discutindo com ela?

"Mas, mãe, andei no parque ontem à noite. Ainda era o mesmo parque, à noite."

"Está trocando o dia pela noite, está desperdiçando o seu tempo, a sua boa saúde."

“Me deixa em paz!”

Ela não está nada bem, só quer conversar, usará qualquer dever de mãe como pretexto para começar um longo debate.

Ele apoiou os cotovelos no parapeito da janela e deixou a paisagem entrar em seus pensamentos. Parque. Lilases. Babás de branco conversando junto ao verdor da folhagem ou empurrando carrinhos escuros. Crianças soltando veleiros brancos da margem de concreto da piscina azul, pedindo vento, viagens seguras ou naufrágios espetaculares.

“O que você quer comer no lanche da tarde? Ovos, mexidinho, salmão, tem um belo pedaço de carne, vou pedir a ela que lhe faça uma salada com o que você quiser, molho russo, como quer seus ovos, tem torta de café, fresquinha, a geladeira está cheia, nesta casa tem sempre o que comer, ninguém passa fome, graças a Deus, tem laranja importada da Califórnia, quer suco?”

Ele abriu a porta e falou calmamente:

“Tenho consciência de como somos privilegiados. Vou tomar um pouco de suco quando tiver vontade. Não incomode a empregada nem ninguém.”

Mas ela já estava na escada, aos berros. “Mary, Mary, faça para o senhor Lawrence um pouco de suco de laranja, esprema três laranjas. Como você quer os ovos, Lawrence?”

Ela deixou no ar a última pergunta como uma provocação.

“Será que dá para você parar de empurrar comida para a minha boca? Alguém ainda vai passar mal com sua maldita comida!”

Ele bateu a porta do quarto.

“E bate a porta na cara da mãe”, ela falou, com amargura, do corredor.

Mas que bagunça! As roupas dele espalhadas por toda parte. A escrivaninha era uma barafunda de manuscritos, livros, cuecas, fragmentos de escultura esquimó. Tentou enfiar uma sextina pela metade na gaveta, mas estava abarrotada de rascunhos acumulados, envelopes grossos, diários abandonados.

O que este quarto precisa é de uma boa fogueira. Não encontrou o quimono, então se cobriu com o *New York Times* e atravessou às pressas o corredor enfiando-se no banheiro.

"Que beleza. Ele se veste com jornal."

Ele acabou conseguindo descer, cambaleante, mas a mãe o encurralou na cozinha.

"É só isso que você toma, suco de laranja, com a casa cheia de comida desse jeito, metade do mundo se matando por um resto de comida?"

"Não começa, mãe."

Ela escancarou a porta da geladeira.

"Olha só", desafiou-o. "Olha só tudo isso, ovos que você não quis, olha só o tamanho desses ovos, queijo, Gruyère, Oka, dinamarquês, Camembert, queijo com bolacha, e quem vai beber todo esse vinho, que dó, Lawrence, olha só esses vinhos, sente o peso dessa toranja, que sorte a nossa, e carne, três tipos de carne, vou fazer eu mesma, olha o peso..."

Esforce-se para enxergar o poema, Breavman, o belo catálogo.

"... aqui, sente o peso..."

Ele jogou o pedaço de carne crua nos pés dela, derrubando o papel-manteiga no linóleo.

"Você não tem nada melhor para fazer da vida a não ser empurrar comida na minha cara? Não sou um morto de fome."

"É assim que um filho fala com a mãe", ela informou ao mundo.

"Vai me deixar em paz agora?"

"Isso são modos de um filho falar, seu pai devia vê-lo agora, devia estar aqui para ver você recusar carne, jogar carne no chão, que déspota é capaz de fazer isso, só uma pessoa estragada, para fazer isso com a própria mãe..."

Ele a seguiu para fora da cozinha.

"Só queria ficar sozinho, acordar sozinho."

"Você está ficando podre, nem um rato trata a mãe desse jeito, podre como se fosse um estranho, por que alguém jogaria carne nos meu pés, e meus tornozelos estão inchados, devia bater em você, o seu pai bateria, um filho estragado..."

Ele subiu a escada atrás dela.

"Alguém vai acabar ficando doente de tanto que você grita."

Ela bateu a porta do armário. Ele ficou parado ali, ouvindo-a abrir e fechar as gavetas imensas.

"Vai embora! Um filho não fala assim com a mãe, um filho é capaz de matar a mãe, eu sabia, o que tenho que ouvir, filho não, um traidor, isso sim, para falar desse jeito comigo, ninguém nunca falou assim comigo..."

Ele a escutou abrir o guarda-roupa. Primeiro arrancou as mangas de velhos penhoares. Enredou-se num emaranhado de cabides. Então começou a mexer num vestido preto caro que comprara em Nova York.

"De que adianta tudo isso, de que adianta, quando um filho está matando a própria mãe..."

Ele ouviu cada som, com o rosto colado à madeira.

QUATRO

À noite o parque era seu domínio.

Percorria todas as quadras esportivas e as colinas feito um fazendeiro paranoico em busca de invasores. Os canteiros de flores, os jardins suspensos ganhavam uma aparência formal que não tinham durante o dia. As árvores pareciam mais altas e antigas. A quadra de tênis de cerca alta parecia uma gaiola para criaturas imensas e sem asas que de alguma forma haviam conseguido escapar dali. Os lagos eram calmos e mortalmente negros. Lanternas flutuavam dentro deles como luas multiplicadas.

Passando pelo Chalet, lembrou-se do odor masculino dos equipamentos de hóquei e cuecas, do impacto dos patins sobre as pranchas de madeira.

O diamante do campo de beisebol vazio estava borrado pelo deslizar de espectros espetaculares. Podia ouvir a ausência da torcida. Sem nenhuma bicicleta apoiada, a castanheira e o alambrado pareciam estranhamente isolados.

Quantas folhas precisam esvoaçar juntas para se registrar o murmúrio do vento? Tentou distinguir o som da acácia do som do bordo.

Logo depois do gramado erguiam-se as grandes casas de pedra da Westmount Avenue. Nelas, os jogadores de beisebol alimentavam os corpos com sono, descansando a voz. Imaginou que podia vê-los difusamente através das paredes do primeiro andar, ou melhor, os lençóis com que se cobriam, suspensos em fila sobre a rua, como uma colônia de casulos numa árvore ao luar. Jovens rapazes da idade dele, cristãos e loiros, sonhando com sexo judeu e carreiras em bancos.

O parque nutria todos que dormiam nas casas vizinhas. Era o coração verde. Dava às crianças arbustos perigosos e paisagens heroicas para que pudessem imaginar a bravura. Dava às babás e empregadas caminhadas ao vento para que pudessem imaginar a beleza. Dava aos jovens príncipes-mercadores bancos de namoro escondidos na folhagem, silhuetas de fábricas para que pudessem imaginar o poder. Dava aos corretores aposentados vinhetas de alamedas escocesas onde caminhavam casais de amantes, para que pudessem se apoiar nas bengalas e imaginar a poesia. Era a melhor parte da vida de todos. Ninguém vem a um parque com más intenções exceto talvez um maníaco sexual, e quem pode dizer que ele não está pensando em rosas eternas quando abre a braguilha diante de uma Beatriz pulando corda?

Ele visitou o lago japonês para conferir se o peixe dourado estava a salvo. Escalou através de arbustos espinhosos e por cima do muro para inspecionar a cachoeira em miniatura. Lisa não estava ali. Desceu a colina dando cambalhotas para ver se ainda era íngreme o bastante. Não seria engraçado se justamente Lisa estivesse esperando lá embaixo? Pegou um punhado de areia do parquinho para se prevenir contra a pólio. Fez uma descida experimental no tobogã e ficou surpreso ao ver como estava apertado para ele. Olhou solenemente do belvedere para memorizar a vista.

"Minha cidade, meu rio, minhas pontes, caguei para vocês, não, não foi isso que quis dizer."

Era preciso percorrer todas as bases, os lagos lá de cima precisavam ser examinados em busca de algum naufrágio ou bebês abandonados ou babás brancas violentadas. Tocar os troncos das árvores para encorajá-las.

Ele tinha esse dever para com a comunidade, com o país.

A qualquer momento, uma garota sairá de um dos canteiros de flores. Virá como quem acabou de nadar e saberá tudo sobre minha dedicação.

Ele se deita sobre os lilases. Quase não há mais flores, parecem diagramas de moléculas. O céu era imenso. Cobre-me de fogo negro. Tios, por que parecem tão confiantes ao rezar? Será porque conhecem as palavras? Quando as cortinas da Arca Sagrada se abrem e se revelam, os rolos dourados da Torá e todos os homens no altar estão de branco, por que seus olhos não se desviam do ritual, por que não sucumbem numa epilepsia enfurecida? Por que suas confissões são tão fáceis?

Ele odiava os homens flutuando no sono dentro das grandes casas de pedra. Porque a vida deles era ordenada e seus quartos, arrumados. Porque acordavam toda manhã e iam para os empregos públicos. Porque não dinamitariam as fábricas nem fariam orgias diante de uma fogueira.

Havia luzes no St. Lawrence do tamanho de estrelas, e uma impaciente imobilidade no ar. Árvores frágeis como as pernas de um cervo atento. A qualquer minuto o sol viria bater nos telhados como um punho cerrado, conduzindo operários determinados e carros em ruas de mão única para atravancar as ruas. Esperava não ter que ver a multidão no trânsito da Westmount Avenue. Trocando o dia pela noite.

"Ei, você aí."

Um homem forte de uns trinta anos com uniforme da aeronáutica estava de pé acima dele. Havia sido o centro das atenções do parque alguns dias antes. Várias babás reclamaram que ele tinha se entusiasmado um pouco demais ao acariciar os meninos. Um policial levara-o para a rua e pedira que fosse embora dali.

"Achei que não o deixariam mais entrar."

"Não tem ninguém. Eu só quis dar uma volta."

O uniforme dele estava impecavelmente passado. De fato, estava arrumado demais para aquela hora da manhã ou da noite, ou fosse que horas fossem. Breavman distinguiu o cheiro de colônia pós-barba em meio ao ar carregado de lilases. Levantou-se.

"Pode conversar. Você tem minha permissão. Já estou indo para casa."

"Só achei que..."

Breavman olhou para trás e berrou: "Pode conversar! Por que não está falando agora? É só para você... o parque está vazio!"

Havia jardineiros com roupas pálidas na rua. Chamavam-se uns aos outros enquanto varriam, todos com nomes italianos. Breavman analisou as vassouras feitas de ramos secos presos com arame. Devia ser bom usar algo assim tão real.

CINCO

"Será que dá para você parar de gritar, Breavman, ou afaste um pouco o telefone, não consigo entender uma palavra do que está dizendo."

"Eu disse Bertha! Acabei de ver a Bertha! Ela está na cidade!"

"Que Bertha?"

"Oh, seu idiota desgraçado e insensível. Bertha da nossa infância, da Árvore, que ficou aleijada bem na nossa frente."

"Como ela está?"

"O rosto está perfeito, mesmo, Krantz, ela estava bonita."

"Onde você a viu?"

"Na janela de um ônibus."

"Tchau, Breavman."

"Não desligue, Krantz. Juro que era ela mesma. Não vou dizer que estava sorrindo. Mas era o mesmo rosto franco, loiro, sem traços familiares, de modo que você pode imaginar o que quiser."

"Lá vai você correr atrás dos ônibus, Breavman..."

"Oh, não, ela também me viu. Vou ficar aqui parado até o ônibus passar de novo. Ela mexeu os lábios."

"Tchau, Breavman."

"Krantz, esta cabine telefônica onde estou morando hoje é muito agradável. Sherbrooke Street é um desfile de todas as pessoas que já conheci na vida. Vou ficar vadiando aqui sem nenhum constrangimento. Todas elas passarão por mim hoje, Bertha, Lisa. Ninguém, nenhum nome, nenhum membro passará despercebido na poeira."

"De onde você desenterrou essas velharias?"

"Sou o guardião. O velho safado sentimental diante de uma classe de crianças."

"Tchau, Breavman, é sério."

Era uma bela cabine telefônica. Cheirava a pintura nova da primavera e a unhas recém-feitas. Dava para sentir o sol através do vidro dentro da grade. Ele era o guarda, o sentinela.

Bertha, que havia caído de uma árvore, por causa dele! Bertha, que tocava "Greensleeves" de um jeito tão doce que ele jamais conseguiria! Bertha, que caíra com as maçãs e torcera as pernas!

Colocou outra moeda e esperou a música.

"Krantz, ela acabou de passar de novo..."

Espera, espera, espera, espera. Tudo demorava demais.

A montanha soltou a lua feito uma bolha que já não pudesse conter, com relutância e dor.

Naquele verão, Breavman teve uma estranha sensação do tempo se arrastando.

Estava num filme e a máquina rangia em movimentos cada vez mais lentos.

Oito anos depois contou a Shell, mas não tudo, porque não queria que Shell pensasse que ele a via da mesma maneira que via a menina sobre a qual estava contando, como se ela fosse um corpo enluarado num lento filme sueco, de longe.

Como era o nome dela?, exigiu saber de si mesmo.

Esqueci. Era um nome delicado, judeu, que significava madrepérola ou floresta de rosas.

Como ousa esquecer?

Norma.

Como ela era?

Não importa como ela era no dia a dia. Só importa como foi durante aquele importante segundo. Do qual eu me lembro e vou lhe contar.

Como ela era no dia a dia?

Na verdade, o rosto dela era achatado, o nariz, muito largo. Uma das avós devia ter sido raptada pelos tártaros. Parecia estar sempre montada com as pernas afastadas sobre alguma coisa, um corrimão ou um trampolim, agitando os braços morenos, olhos perdidos numa risada, a galope rumo a um festim ou um massacre. Sua carne era flácida.

Por que ela era comunista?

Porque tocava violão. Porque os donos do cobre atiraram em Joe Hill.* Porque *no tenemos ni aviones ni cañones*, e todos os amigos dela

* Gravada por Paul Robeson no Carnegie Hall (1958) e Joan Baez em Woodstock (1970), "I Dreamed I Saw Joe Hill Last Night" (1936) é uma canção feita por Earl Robinson com →

haviam morrido na batalha de Jarama.* Porque o general MacArthur era um criminoso e mandava no Japão como seu reino particular. Porque os *wobblies* cantavam em meio ao gás lacrimogênio. Porque Sacco amava Vanzetti. Porque Hiroshima a fazia chorar e ela estava recolhendo assinaturas para uma petição de boicote à bomba e sempre lhe diziam que voltasse para a Rússia.

Ela mancava?

Quando estava muito cansada, dava para perceber. Costumava usar uma saia mexicana comprida.

E a aliança mexicana?

Sim, estava noiva de um contador diplomado. Garantiu-me que ele era progressista. Mas como alguém que esperava a revolução podia ser contador? Isso eu queria saber. E como ela, com suas ideias de liberdade, conseguia se comprometer com um casamento convencional?

"Precisamos ser efetivos na sociedade. Os comunistas não são boêmios. Isso é um luxo de Westmount."

Você a amava?

Eu amei beijar os seios dela, das poucas vezes que ela deixou.

Quantas vezes, quantas vezes?

Duas. E ela deixou que eu os tocasse. Braços, barriga, pelos púbicos, quase fecho com chave de ouro, mas ela estava de calça jeans apertada. Era quatro anos mais velha que eu.

Estava noiva?

Mas eu era jovem. Ela sempre dizia que eu era um menino. De modo que nada do que fazíamos tinha importância. Toda noite ela fazia um interurbano para falar com ele. Eu ficava do lado enquanto ela falava ao telefone. Falavam sobre apartamentos e planos de casa-

base em um poema de Alfred Hayes, inspirada no anarcossindicalista conhecido como Joe Hill, condenado à morte nos Estados Unidos pela ação junto à Industrial Workers of the World (IWW), em 1915. [N.T.]

* "Ay, Carmela", canção da Guerra Civil Espanhola (1936-39). Literalmente: "não temos nem aviões nem canhões". A batalha de Jarama, em Madri, foi uma vitória republicana sobre as tropas de Franco em fevereiro de 1937. [N.T.]

mento. Era o prosaísmo do mundo adulto, um museu de fracassos, e eu não tinha nada a ver com aquilo.

E o rosto dela quando falava com ele?

Achava que podia ver culpa no rosto dela.

Mentira.

Nós dois nos sentíamos terrivelmente culpados, creio. Então demos duro para conseguir mais assinaturas. Mas adorávamos nos deitar perto do fogo. Nosso minúsculo círculo de luz parecia tão longe de tudo. Eu lhe contava histórias. Ela fez um *blues* chamado "Meu menino burguês vendeu a casa por mim". Não, isso é mentira.

O que você fazia durante o dia?

Pegávamos carona por toda a região do Laurentides. Íamos a alguma praia cheia de banhistas e começávamos a cantar. Estávamos morenos, tínhamos boas melodias, as pessoas gostavam de nos ouvir mesmo de olhos fechados. Depois eu começava a falar.

"Não estou falando sobre a Rússia ou a América. Nem estou falando de política. Estou falando dos corpos de vocês, desses corpos estendidos na praia, esses em que vocês passam bronzeador. Alguns de vocês estão acima do peso e alguns estão magros demais, e alguns ainda são muito orgulhosos. Cada um de vocês conhece o próprio corpo. Olham para ele no espelho, esperam ser parabenizados por ele ou tocados com amor. Querem que o que vocês beijam se torne um câncer? Querem fazer carinho na cabeça de seus filhos e que o cabelo saia na sua mão? Como veem, não estou falando de russos nem de americanos. Estou falando de corpos, que são tudo o que temos, e nenhum governo poderá dar de volta um dedo, um dente, um centímetro de pele perdido por causa do envenenamento do ar..."

As pessoas prestavam atenção?

Prestavam, e a maioria assinou. Soube na hora que poderia ser primeiro-ministro pelo modo como aqueles olhos prestavam atenção. Não importava o que estava sendo dito; contanto que as velhas palavras fossem usadas e o velho ritmo fosse entoado, poderia bem conduzi-los a um ritual de afogamento...

Pare já com essa fantasia. Como eram os corpos das pessoas na praia?

Feios e brancos e arruinados por gabinetes.

O que você fazia à noite?

Ela me dava os seios nus e os contornos vestidos de seu corpo.

Seja mais específico, pode ser?

A montanha soltou a lua, feito uma bolha que já não pudesse mais conter, com relutância e dor. Eu estava num filme e a máquina rangia em movimentos cada vez mais lentos.

Um morcego passou sobre a fogueira e foi de encontro aos pinheiros. Norma fechou os olhos e apertou o violão ao corpo. Fez um acorde menor subir pela espinha dele e sair floresta adentro.

A América estava perdida, os pelegos controlavam tudo, arranha-céus cromados não sairiam da frente, mas aqui era o Canadá, sonho infantil, estrelas altas, agudas e frias, e os inimigos eram frágeis e fáceis e ingleses.

A luz da fogueira ilumina o corpo dela, mostrando uma face de um rosto, uma das mãos, depois devolvidas à escuridão.

A câmera capta-os de longe, move-se através da floresta, mostra o reflexo nos olhos de um guaxinim, examina a água, juncos, flores aquáticas, envolvendo-se em neblina e pedras.

"Deite-se ao meu lado", a voz de Norma, talvez de Breavman.

Súbito close do corpo dela, parte por parte, demorando-se nos volumes das coxas, que aparecem imensas e sombreadas, o jeans azul esticado sobre a carne. O leque de dobras entre as coxas. A câmera insiste na jaqueta dela para mostrar o formato dos seios. Ela exuma um maço de cigarros. A atividade é analisada de perto. Os dedos dela se movem como tentáculos. Manipulação habilidosa e sugestiva do cigarro. Dedos lentos, violentos, capazes de segurar qualquer coisa.

Com um tranco, ele troca isso que estava vendo, como uma isca artificial, e coloca de volta a forma que havia capturado. Ela faz um O com a boca e solta um anel de fumaça com a língua.

"Vamos nadar."

Levantam-se, caminham, esbarram-se num farfalhar alto de roupas. Encaram-se de olhos fechados. A câmera se detém em cada rosto, um após o outro. Beijam-se às cegas, errando as bocas, descobrindo-as úmidas. Entram naquele ruído de grilos e respirações.

"Não, agora ficou sério demais."

A câmera registra-os deitados em silêncio.

Há distâncias entre cada palavra.

"Então vamos nadar."

A câmera persegue-os até a beira. Atravessam o bosque com dificuldade, a plateia se esqueceu de onde estão indo, demora tanto que os galhos não os deixarão passar.

"Oh, deixe-me vê-la."

"Não sou tão bonita daqui para baixo. Vai mais para lá."

Ela segue até o outro lado de um jardim de juncos e agora riscam cada quadro com linhas de chuva. A lua é um seixo que um sortudo encontrou.

Então ela surge molhada, a pele arrepiada de calafrio, e toda a tela brilhante o envolve, lentes e máquina.

"Não, não me toque. Nada mal, afinal. Não se mova. Nunca fiz isso com ninguém."

O cabelo dela molhado na barriga dele. A mente dele se repartiu em postais.

Caro Krantz

O que ela fez o que ela fez o que ela fez

Cara Bertha

Você deve mancar como ela ou talvez pelo menos de modo semelhante eu sabia que nada estava perdido

Caro Hitler

Tire essas luzes da minha cara, não sou culpado, eu precisava fazer isso

"Você vai andando comigo até a cidade? Prometi que telefonaria e deve ser tarde agora."

"Você não vai ligar para ele agora, vai?"

"Falei que ligaria."

"Mas depois disso?"

Ela tocou o rosto dele. "Você sabe que eu preciso."

"Vou esperar aqui na fogueira."

Quando ela foi embora, ele dobrou o saco de dormir. Não estava encontrando o pé direito do mocassim, mas não tinha importância. Surgindo da sacola dela, viu um calhamaço de formulários da petição antinuclear. Agachou-se ao lado da fogueira e fez alguns rabiscos de assinaturas.

I. G. Farben
Mister Universo
Joe Hill
Wolfgang Amadeus Jolson
Ethel Rosenberg
Pai Tomás
Little Boy Blue
Rabi Sigmund Freud

Enfiou os formulários de volta no saco de dormir dela e foi em direção à estrada, que estava iluminada por faróis de carros. *Não havia o que fazer quanto ao ar.*

Como ela estaria naquele segundo importante?

Ela está sozinha na minha cabeça, desconectada da narrativa insignificante. A cor da pele era impressionante, como o branco de um jovem ramo quando se tira todo o verde com os dedos. Mamilos da cor de lábios crus sem pintura. Cabelos úmidos como um batalhão de lanças reluzentes sobre os ombros.

Era feita de carne e cílios.

Mas você disse que ela mancava, talvez como a Bertha depois da queda?

Não sei.

Por que não pode contar isso a Shell?

Minha voz a deixaria deprimida.

Shell tocou o rosto de Breavman.

"Pode me contar o resto da história."

SETE

Tamara tinha pernas compridas, Deus sabe como eram compridas. Às vezes, nos encontros, ela usava três cadeiras. O cabelo dela era desgrenhado e preto. Breavman tentava escolher um cacho e segui-lo ao ponto em que saía da cabeça e encaracolava. Fazia seus olhos ficarem como se tivesse entrado num armário repleto de teias de aranha sem poeira.

Breavman e Krantz usavam roupas especiais para caçar mulheres comunistas. Paletós escuros, coletes abotoados até em cima por sobre a camisa, luvas e guarda-chuvas.

Iam a todos os encontros do Clube Comunista. Sentavam-se empertigados entre os membros em mangas de camisa que almoçavam sanduíches em sacos de papel pardo.

Durante um discurso chato sobre a guerra bacteriológica dos americanos, Krantz sussurrou: "Breavman, por que esses sacos de papel cheios de pão são tão feios?"

"Fico feliz por ter perguntado, Krantz. São propaganda da debilidade do corpo. Se um viciado usasse sua seringa espetada na lapela você sentiria o mesmo asco. Um saco cheio de comida é uma espécie de tripa exposta. Acho que os bolcheviques usam o aparelho digestivo por cima da roupa!"

"Já basta, Breavman. Bem que pensei que você saberia."

"Olhe para ela, Krantz!"

Tamara se apossou de outra cadeira para suas pernas misteriosas. No mesmo instante, o presidente interrompeu o palestrante e acenou com o martelo para Krantz e Breavman.

"Se os dois engraçadinhos não calarem a boca vão ter que sair imediatamente."

Eles se levantaram e pediram desculpas formais.

"Sentados, sentados, é só ficarem quietos."

A Coreia havia sido infestada pelos insetos ianques. Tinham bombas cheias de mosquitos contagiosos.

"Agora tenho algumas perguntas para você, Krantz. O que tem por baixo daquelas blusas e saias de camponesa que ela sempre usa? Onde começam aquelas pernas? O que tem depois que os punhos entram na manga? De onde vêm os seios dela?"

"É para isso que você está aqui, Breavman."

Tamara estudara com ele no colegial, mas ele não a notara na época porque ela era gorda. Faziam o mesmo caminho até a escola, mas ele nunca tinha reparado nela. A luxúria então treinava seus olhos para excluir tudo o que não pudesse beijar.

Mas agora ela era alta e esguia. O lábio inferior carnudo se curvava formando uma pequena sombra. Ela, no entanto, ainda se movia pesadamente, como se as pernas ainda tivessem que arcar com a massa de carne de que se lembrava com amargura.

"Você sabe um dos principais motivos que me fazem desejá-la?"

"Sei só o principal."

"Você está enganado, Krantz. É porque ela mora a uma rua de distância da minha casa. Ela me pertence pelo mesmo motivo que o parque me pertence."

"Você é um menino bastante problemático."

Um minuto depois Krantz falou: "Essas pessoas têm certa razão a seu respeito, Breavman. Você é um imperialista emocional."

"Você já tinha dito isso muito tempo atrás, não foi?"

"Um bocado de tempo."

"Boa."

Apertaram as mãos solenemente. Trocaram guarda-chuvas. Ajustaram o nó da gravata um do outro. Breavman deu dois beijos no rosto de Krantz como um general francês concedendo medalhas.

O presidente bateu o martelo para o bem do encontro.

"Fora! Isso aqui não é um show de variedades. Vão se exibir lá na montanha!"

A montanha era Westmount. Resolveram aceitar o conselho. Ensaiaram um número de sapateado no belvedere, deliciados com o próprio absurdo. Breavman nunca conseguira aprender os passos, mas gostava de balançar o guarda-chuva.

"Você sabe por que adoro mulheres comunistas?"

"Sei, Breavman."

"Mais uma vez você está enganado. É porque não acreditam no mundo."

Sentaram-se sobre a amurada de pedra, de costas para o rio e a cidade.

"Muito em breve, Krantz, muito em breve estarei num quarto com ela. Estaremos num quarto. Haverá um quarto à nossa volta."

"Até mais, Breavman, preciso estudar."

A casa de Krantz não era longe. Ele falava sério, e foi mesmo embora. Era a primeira vez que Krantz...

"Ei!", Breavman chamou. "Você parou a conversa no meio."

Ele já estava longe para ouvir.

OITO

"Você não entende, Tamara, você não vê que ambos os lados, os dois lados de toda luta, os dois usam guerra bacteriológica?"

Ele vinha caminhando com ela pelo parque atrás de sua casa, contando sobre o segredo do conflito e os hábitos noturnos do peixe dourado e por que os poetas eram os verdadeiros legisladores não reconhecidos do mundo.

Em pouco tempo, estava num quarto tirando a roupa dela. Mal podia acreditar em suas mãos. O tipo de surpresa de quando o alumínio sai inteiro de um pedaço triangular de Gruyère.

Então ela disse não e abraçou-se às roupas para cobrir os seios.

Ele se sentiu como um arqueólogo vendo a areia sendo soprada de volta. Ela colocava o sutiã. Ajudou-a com o fecho só para mostrar que não era um maníaco.

Então perguntou quatro vezes por quê.

Então ficou parado junto à janela.

Diga-lhe que você a ama, Breavman. É isso que ela quer ouvir. Ele voltou e acariciou as costas dela.

Agora acariciava a cintura.

Diga eu te amo. Diga. Um-dois-três, já.

Agora enfiava um dedo furtivo sob o elástico.

Ela cruzou os tornozelos, aparentemente apertando com força as coxas juntas numa espécie de prazer privado. O gesto deixou-o arrepiado.

Então mergulhou nas coxas dela, que estavam erguidas e úmidas. A carne se abriu. Ele usou os dentes. Não sabia se a umidade era sangue ou saliva ou um perfumado lubrificante.

Então vieram vozes estranhamente excitadas que se tornaram sussurros, afobados e sem fôlego, como se o tempo estivesse contra eles, chamando a polícia e os pais até o buraco da fechadura.

"É melhor eu vestir alguma coisa."

"Acho que ainda estou excitado."

"Acho lindo que esteja excitado."

Quem era aquela, a dona do corpo dela?

"Está vendo, estou excitado."

"Oh, é mesmo."

Parabéns, como confetes caindo lentamente, cobrindo-lhe a mente de sono, mas alguém disse: "Recite um poema".

"Deixe-me olhar primeiro para você."

"Deixe-me olhar para você também."

Então acompanhou-a, os dois caminhando, até a casa dela. Era seu horário particular da manhã. O sol ameaçava vir do Leste. Os meninos jornaleiros manquitolavam sob o peso das sacolas cinzentas. As calçadas pareciam novas.

Então ele juntou as mãos dela nas suas e disse com ternura:

"Obrigado, Tamara."

E ela deu um tapa no rosto dele com a mão que segurava a chave.

"Isso soou tão horrível. Como se o tivesse deixado pegar alguma coisa. Como se você tivesse tirado algo de mim."

Ela chorou durante alguns segundos até um fio de sangue aparecer no rosto dele.

Então se abraçaram para consertar tudo.

Quando ela estava lá dentro, colocou a boca na janela e beijaram-se através do vidro. Ele queria que ela fosse primeiro e ela queria que ele fosse primeiro. Ele torceu para que suas costas tivessem boa aparência.

Ora, pessoal! Exultava ao caminhar para casa, o mais novo membro da comunidade adulta. Por que todos dormiam em vez de saudá-lo da janela? Não admiravam seu ritual de amor e engodo? Visitou seu parque, parou na colina das babás e contemplou a cidade e o rio cinza. Finalmente estava envolvido com aquela gente adormecida, os homens que iam trabalhar, os prédios, o comércio.

Então atirou pedras na janela de Krantz porque não queria dormir.

"Roube um carro, Krantz. Os chineses devem estar tomando sopa agora."

Breavman contou tudo em três minutos e então passearam quietos dentro do carro. Ele apoiou a cabeça no vidro contando que estaria gelado, mas não estava.

"Sei por que está deprimido. Porque me contou."

"É. Desonra dupla."

Era pior do que isso. Desejou amá-la, devia ser tão bom amar Tamara, e dizer a ela que a amava, não uma nem cinco vezes, mas muitas e muitas vezes, porque ele sabia que ficaria com ela em inúmeros quartos por muito tempo ainda.

Que importavam quartos, não eram todos o mesmo quarto, ele já não sabia como seria, não eram todos os quartos por onde passara exatamente o mesmo quarto, sempre que houvesse uma mulher deitada, uma floresta podia ser uma estufa de vidro, não havia sido assim também com Lisa, debaixo da cama e enquanto brincavam de Soldado e Prostituta, não era a mesma coisa, até naquilo de ficar ouvindo sons dos inimigos?

Contou essa história outra vez, seis anos mais tarde, para Shell, mas não a desonrou dessa vez. Um dia, quando se afastou por algum tempo de Shell, escreveu o seguinte para ela:

"Acho que se a carruagem de Elias ou Apolo, ou qualquer barco mítico do céu, parasse à minha porta, saberia exatamente onde me sentar, e enquanto voássemos eu me lembraria com deliciosa familiaridade de todas as nuvens e mistérios por que passamos."

NOVE

Tamara e Breavman alugaram um quarto no *east end* da cidade. Disseram aos pais que iriam visitar amigos de fora da cidade.

"Estou acostumada a ficar sozinha", disse a mãe dele.

Na manhã anterior haviam se inclinado para fora da janela alta, espremendo os ombros, olhando para a rua lá embaixo.

Despertadores soavam na pensão. Imensas latas de cinzas vigiavam a calçada suja. Gatos passeavam entre elas.

"Você não vai acreditar, Tamara, mas um dia consegui hipnotizar um desses gatos na calçada."

"São muito úteis, gatos hipnotizados."

"Já não consigo fazer essas coisas com a mesma facilidade, infelizmente. As coisas é que são feitas *comigo*. Nem consegui hipnotizar você ontem à noite."

"Você é um fiasco, Larry, mas ainda sou louca pelas suas bolas. Hummm."

"A minha boca está machucada de beijos."

"A minha também."

Beijaram-se suavemente e então ela tocou a boca dele. Ela era muito terna, e ele sempre era pego de surpresa porque não tinha pedido nada.

Mal haviam saído da cama nos últimos cinco dias. Mesmo com a janela bem aberta, o ar no quarto tinha ficado com o cheiro da cama. Os edifícios de manhã cedo encheram-no de nostalgia e ele não conseguiu entender por que até perceber que tinham cor de tênis velhos.

Ela esfregou o ombro no queixo dele para sentir a barba. Ele a encarou. Ela tinha fechado os olhos para saborear a brisa da manhã nas pálpebras.

"Frio?"

"Não se você ficar."

"Fome?"

"Não aguento mais anchova e só tem isso."

"Não devíamos ter comprado coisas tão caras. Não combina com o quarto."

"Nem a gente", ela disse. "Todo mundo na pensão parece que está acordando para trabalhar."

"E aqui estamos nós: refugiados de Westmount. Você traiu a sua nova herança socialista."

"Pode falar o que quiser se me deixar cheirar você."

Os cigarros estavam amassados. Ele endireitou um e acendeu para ela. Ela dispersou fumaça pela manhã.

"Fumar sem roupa é tão... tão delicioso."

Tremeu ao usar a palavra. Ele beijou sua nuca e continuaram a olhar à toa pela janela.

"Frio?"

"Queria ficar um ano aqui", ela disse.

"É o que chamam de casamento."

"Mas não vá se apavorar agora e ficar todo agitado."

Uma coisa muito importante aconteceu.

Viram um velho num sobretudo maior que ele parado diante de uma casa do outro lado da rua, encostado à porta como se se escondesse.

Resolveram observá-lo, só para ver o que faria.

Ele se inclinou para frente, olhou para os dois lados da rua e, satisfeito porque estava vazia, juntou as pontas do casaco como se fosse uma capa e ganhou a calçada.

Tamara bateu as cinzas do cigarro queimado na janela. As cinzas caíram como uma pena e depois se desintegraram no vento ascendente. Breavman se pôs a observar esse pequeno gesto.

"Não aguento ver como seu corpo é bonito."

Ela sorriu e encostou a cabeça no ombro dele.

O velho de casaco folgado ajoelhou-se e espiou debaixo de um carro estacionado. Levantou-se, limpou os joelhos, e deu uma olhada ao redor.

O vento movimentou os cabelos dela, soltando um cacho e fazendo-o flutuar. Ela enfiou um braço entre eles e jogou a bituca. Ele jogou a dele também. Caíram como dois minúsculos paraquedistas condenados.

Então, como se as bitucas fossem um sinal, tudo começou a acontecer mais depressa.

O sol de repente estacou entre dois edifícios, escurecendo intensamente o enigma das chaminés.

Um cidadão entrou no carro e partiu.

Um gato surgiu a poucos metros de onde estava o velho e passou na frente dele, altivo, faminto, musculoso. Com um alvoroço de dobras o velho saltou atrás do bicho. Sem esforço, o gato mudou de direção e suavemente desceu por uma escada de pedra até a entrada de um porão. O homem tossiu e foi atrás, curvando-se, desconcertado, e voltou para a rua de mãos vazias.

Haviam ficado olhando à toa, como pessoas vendo a água passar, mas agora prestavam muita atenção.

"Você está arrepiada, Tamara."

Ela ajeitou o cacho esvoaçante. Ele analisou os dedos dela durante esse movimento. Lembrou-se daqueles dedos em diversas partes de seu corpo.

Pensou que se sentiria contente se fosse condenado a viver aquele momento mais e mais uma vez, pelo resto da vida. Tamara nua e jovem, trançando com os dedos um cacho de cabelo. O sol emaranhado em antenas de TV e chaminés. A brisa da manhã açoitando a neblina da montanha. Um velho misterioso cujo mistério ele não se importava de saber. Por que haveria de procurar visões ainda melhores?

Não era capaz de fazer as coisas acontecerem.

Na rua, o velho estava deitado de bruços debaixo do para-choque de um carro, tentando alcançar um gato que conseguira encurralar entre a roda e o meio-fio. Chutou de excitação, tentando pegar o gato pelas patas de trás, sendo arranhado e mordido. Por fim, conseguiu. Retirou o gato das sombras e ergueu-o sobre a cabeça.

O gato esperneou e se remexeu feito um estandarte no vento violento.

"Meu Deus", disse Tamara, "o que ele está fazendo com o bicho?"

Esqueceram-se um do outro e se apoiaram na janela.

O velho ficou apavorado com a resistência do gato enorme, o rosto enfiado no peito evitando as garras agressivas. Voltou a caminhar. Segurando o gato como se fosse um machado, com os pés afastados, bateu-o com força na calçada. Deu para ouvir da janela a cabeça sendo esmagada. Convulsiva como um peixe fora d'água.

Tamara virou o rosto.

"O que ele está fazendo agora?", quis saber.

"Está guardando numa sacola."

O velho, ajoelhando-se ao lado do gato que se debatia, havia tirado um saco de papel de dentro do casaco imenso. Tentou enfiar o gato dentro.

"Estou enjoada", disse Tamara. Escondeu o rosto no peito dele. "Você não pode fazer nada?"

Não ocorrera a Breavman que pudesse intervir na ação.

"Ei, você aí!"

O velho de repente olhou para cima.

"*Oui! Toi!*"

O velho parou na hora. Olhou para o gato. As mãos vibraram indecisas. Desceu correndo a rua tossindo e de mãos vazias.

Tamara ficou nauseada. "Estou passando mal." Foi correndo à pia e vomitou.

Breavman levou-a de volta à cama.

"Anchovas", ela disse.

"Você está tremendo. Vou fechar a janela."

"Só deite aqui do meu lado."

O corpo dela estava fraco, como se tivesse sucumbido a uma derrota. Aquilo deixou-o assustado.

"Talvez não devêssemos ter espantado o velho", ele falou.

"Como assim?"

"Provavelmente estava morrendo de fome."

"Ele ia comer o gato?"

"Bem, costumamos proteger nossos fracos estômagos."

Ela agarrou-o com força. Não era o tipo de abraço que ele queria. Não havia nada de carne, só mágoa.

"Não dormimos muito. Tente dormir agora."

"Você também vai dormir?"

"Vou. Estamos os dois cansados."

O mundo matinal se apartara deles, os ruídos irregulares do trânsito estavam além da janela fechada, distantes como a história. Eram duas pessoas num quarto e não havia nada para ver.

Com a mão ele alisou o cabelo dela e fechou as pálpebras. Lembrou-se do trabalho de miniaturista do vento soltando os cabelos dela e fazendo esvoaçar as madeixas. Uma semana é muito tempo.

Os lábios dela estremeceram.

"Lawrence?"

Sei o que você vai dizer e sei o que vou dizer e sei o que vai dizer...

"Não fique bravo."

"Não."

"Eu te amo", ela disse, apenas.

Vou esperar aqui.

"Você não precisa dizer nada", ela disse.

"Obrigado", ele respondeu.

"Você vai me beijar?"

Breavman beijou sua boca suavemente.

"Você está bravo comigo?"

"Como assim?", mentiu.

"Pelo que falei. Sei que isso magoa você de certo modo."

"Não, Tamara, só me faz com que me sinta mais perto de você."

"Fico feliz de ter falado."

Ela se ajeitou e aproximou-se dele, não pela sensação, mas pelo calor e pela proteção. Ele a abraçou com força, não como amante, mas como uma criança abandonada. O quarto estava quente. As palmas de suas mãos estavam molhadas de suor.

Agora ela dormia. Assegurou-se de que estava mesmo dormindo. Com cuidado, soltou-se dos braços dela. Se ao menos ela não fosse tão bonita dormindo. Como ele poderia fugir daquele corpo?

Vestiu-se como um ladrão.

Um sol redondo ardia sobre os prédios cobertos de fuligem. Todos os carros estacionados haviam ido embora. Alguns velhos, que passavam varrendo, pararam intrigados diante do lixo. Um deles tentou equilibrar a carcaça do gato no cabo da vassoura porque não queria encostar naquilo.

Foge, Westmount, corre.

Precisava abrir distância entre ele e o quarto quente onde não era capaz de fazer as coisas acontecerem. Por que ela precisava ter falado? Não podia ter deixado passar em silêncio? O aroma da carne dela impregnava as roupas dele.

O corpo dela estava com ele, e deixou que uma visão desse corpo depusesse contra sua fuga.

Estou correndo numa nevasca que são as coxas dela, dramatizou, floreando. As coxas dela estão cobrindo as ruas. Amplas como uma nevasca, pesadas como imensos zepelins em queda, as coxas úmidas dela aterrissando em telhados pontiagudos e varandas de madeira. Rosas dos ventos imprimem a forma de galos e veleiros na pele. Rostos de estátuas famosas preservados como entalhes...

Então pensava num par de coxas especial num quarto especial. O compromisso era opressivo, mas achou que a solidão da carne era pior.

Tamara estava acordada quando abriu a porta. Despiu-se depressa e retomou o que havia quase perdido.

"Você não está contente por ter voltado?"

Durante três anos, Tamara foi sua amante, até ele fazer vinte.

DEZ

No terceiro ano da faculdade, Breavman saiu de casa. Ele e Krantz alugaram dois quartos na Stanley Street, no centro da cidade.

Quando Breavman informou à mãe que pretendia passar várias noites por semana no centro ela pareceu aceitar o fato com tranquilidade.

"Você vai precisar de uma torradeira, não? Temos duas."

"Obrigado, mãe."

"E de talheres, você vai precisar de talheres."

"Na verdade não, não vamos cozinhar muito..."

"Você vai precisar de muitos talheres, Lawrence."

Ela foi de gaveta em gaveta da cozinha selecionando itens e empilhando-os na mesa diante dele.

"Mãe, não preciso de batedor de claras."

"Como pode saber?"

Ela esvaziou uma gaveta de garfos de prata para peixe sobre a mesa. Tentou tirar a gaveta das linhas mas não conseguiu. "Mãe, isso é ridículo."

"Leva tudo."

Ele a seguiu até a sala. Agora ela estava mais alta que ele, de pé numa poltrona, tentando se equilibrar, enquanto desenganchava pesadas cortinas bordadas.

"O que está fazendo?"

"Para que vou precisar disso numa casa vazia? Leva tudo!"

Ela chutou as cortinas caídas para ele e tropeçou no tecido. Breavman correu para ajudá-la. Ela parecia tão pesada.

"Sai daqui, não preciso de nada disso, leva tudo!"

"Pare com isso, mãe, por favor."

Subindo a escada, arrancou do gancho uma miniatura persa presa numa base de veludo e jogou nele.

"Vai ter parede lá nessa sua casa, não?"

"Por favor, mãe, vá se deitar."

Começou a esvaziar o armário de roupa de cama, fazendo pilhas de lençóis e cobertores aos pés dele. Ficando na ponta dos pés, puxou um conjunto de toalhas de mesa. Uma delas se desdobrou e caiu sobre ela como uma fantasia de fantasma. Ela se debateu debaixo daquilo. Ele tentou ajudá-la, mas ela o atacou por sob o pano.

Ele recuou um passo e a observou lutar, um torpor invadindo seu corpo inteiro.

Quando ela se soltou, esticou com cuidado a toalha de mesa sobre o chão e foi engatinhando até os cantos e dobrando. O cabelo dela estava desgrenhado e ela respirava com dificuldade.

Acompanhou cada um dos movimentos dela com uma atenção intensa e redobrada. Refez dez vezes as dobras na mente até que ela parou ajoelhada, triunfante, ao lado do imaculado retângulo branco.

ONZE

A casa tinha sido construída no início do século. Havia ainda alguns vidros coloridos nas janelas. Na Stanley Street, a prefeitura instalara lâmpadas modernas e fluorescentes, que lançavam uma luz amarela fantasmagórica. Brilhando através dos vitrais vitorianos azuis e verdes, o resultado era um intenso luar artificial, e a carne de toda mulher parecia nova e ao ar livre.

O violão dele estava sempre à mão. O corpo de cedro era fresco ao contato da barriga. Dentro do violão havia um aroma como o das caixas de charuto que o pai costumava guardar. O som no meio da noite era excelente. Naquelas altas horas, a pureza da música o surpreendia e quase o convencia de que criava uma relação sagrada com a garota, a cidade lá fora e consigo mesmo.

Breavman e Tamara eram cruéis um com o outro. Usavam a infidelidade como arma para a dor e estímulo à paixão. E continuavam voltando para a cama na Stanley Street e à estranha luz que parecia remendar a inocência de seus corpos. Ali se deitariam por horas a fio, incapazes de se tocar ou se falar. Às vezes ele conseguia confortá-la, às vezes era ela quem o fazia. Usavam o corpo, mas aquilo foi se tornando cada vez mais difícil. Viviam um do outro, tubos interligavam suas entranhas. Os motivos eram por demais profundos e originais para desvendar.

Ele se lembra de silêncios terríveis e lágrimas de que não podia se aproximar. Não havia nada que pudesse fazer, muito menos se vestir e ir embora. Odiava-se por magoá-la e a odiava por sufocá-lo.

Deveria ter continuado a correr naquela manhã brilhante.

Ela o deixava sem saída. Eles se deixavam sem saída.

Breavman deixou Tamara ver algumas anotações de um longo conto que escrevia. Os personagens do conto se chamavam Tamara e Lawrence, e tudo se passava num quarto.

"Você é tão ardente!", Tamara disse com ar teatral. "Esta noite você é meu amante fogoso. Esta noite somos sentinelas e animais, pássaros e lagartos, limo e mármore. Esta noite somos gloriosos e depravados, sagrados e exterminados cavaleiros, belos e desprezíveis. Suor é perfume. Suspiros são sinos. Não trocaria isto pelas investidas do cisne mais adorável. É por isso que devo vir até você em primeiro lugar. É por isso que precisei abandonar os outros, as centenas que tentaram deter meu tornozelo com as mãos torpes quando corria em direção a você."

"Besteira", falei.

Ela se livrou dos meus braços e se levantou na cama. Pensei nas coxas de um colosso de pedra, mas não disse nada.

Ela estendeu os braços na altura dos ombros.

"Jesus Cristo dos Andes", declarou.

Ajoelhei-me e enfiei o nariz em seu delta.

"Me cura, me cura." Fiz como se rezasse.

"Me cura você." Ela riu e caiu por cima de mim, com o rosto repousando na minha barriga.

Quando estávamos calados, falei: "Mulher, estás livre de tua enfermidade".

Ela girou as pernas no ar, dançou em cima da mesa e acendeu a vela em meu candelabro mexicano de lata. Segurando a luz acima da cabeça como um esplendor religioso, voltou dançando até o lado da cama e pegou minha mão.

"Venha comigo, meu animal, meu cisne", entoou. "O espelho, eunucos, o espelho!"

Ficamos de pé ao lado do espelho.

"Quem dirá que não somos bonitos?", ela desafiou.

"É mesmo."

Por um ou dois minutos inspecionamos nossos corpos. Ela pôs o candelabro no chão. Nos abraçamos.

"A vida passou para nós", disse ela fingindo nostalgia.

"Ah. Infelizmente. Tristeza. Lua. Amor."

Tentei ser engraçado. Quem dera nossa peça sentimental não a levasse a refletir seriamente. Era um processo que eu não suportaria.

Sentei na cadeira diante da janela e ela sentou no meu colo.

"Somos amantes", ela começou, como se recitasse axiomas de geometria antes da proposição. "Se alguma daquelas pessoas lá embaixo olhasse para cima, alguém que enxergasse bem, veria uma mulher nua abraçada por um homem nu. Essa pessoa ficaria imediatamente excitada, não ficaria? Como a gente se excita quando lê uma descrição sexual provocante num romance."

Estremeci diante da palavra sexual. Não existe palavra mais inadequada para dois amantes.

"E é assim", ela continuou, "que dois amantes devem tentar se ver, mesmo depois de já serem íntimos por muito tempo."

Íntimos. Era outra daquelas palavras.

"É um grande equívoco", ela disse. "O frisson do proibido, o frisson da perversão rapidamente passa e os amantes logo se cansam um do outro. A identidade sexual de cada um vai ficando cada vez mais vaga até que se perde por completo."

"Qual é a alternativa?" Ela começava a me irritar.

"É fazer do que é permitido um *frisson*. O amante deve se familiarizar totalmente com a amada. Deve conhecer cada movimento dela: a bunda se movendo quando anda, a direção de cada minitremor do peito quando respira, o modo como as pernas se esparramam feito lava quando ela senta. Ele deve conhecer cada súbita contração da barriga pouco antes de ela chegar ao clímax, cada jardim dos cabelos, loiros e pretos, o caminho dos poros do nariz, o mapa dos vasos nos olhos dela. Deve conhecê-la tão completamente que ela acaba se tornando, na verdade, uma criação dele. Foi ele quem moldou a forma de seus braços e pernas, quem destilou seu aroma. Este é o único tipo bem-sucedido de amor sexual: o amor do criador pela criatura. Em outras palavras, o amor do criador por si mesmo. Este amor não muda nunca."

A voz dela se tornava cada vez mais carregada enquanto falava. Pronunciou essas últimas palavras numa espécie de frenesi. Tinha parado de acariciá-lo. Estava quase enjoado com seus termos clínicos.

"O que foi?", ela disse. "Por que parou de me abraçar?"

"Por que sempre tem que fazer isso? Acabamos de fazer amor. Já não é o bastante? Você precisa começar uma cirurgia, uma autópsia? Sexual, íntimos, destilar – meu Deus! Não quero ter que decorar tudo isso. Quero mais ser pego de surpresa de vez em quando. Aonde você vai?"

Ela ficou de pé na minha frente. A luz da vela esboçava uma boca endurecida de raiva.

"Estou surpresa! Você é um idiota. Igual a vários homens que já tive. Que queriam fazer amor com a luz apagada, em silêncio, de olhos fechados, de ouvidos tampados. Homens que se cansaram de mim e eu deles. E você se esquiva quando quero uma coisa diferente para nós. Você não sabe a diferença entre criação e masturbação. E existe uma diferença. Você não entendeu uma palavra do que eu disse."

"Duplo sentido", berrei, "duplo sentido, suplo dentido."

Falei esbaforido e cobri meu rosto. Como tinha vindo parar ali naquele quarto?

"Não sabemos o que estamos falando", disse ela, passada a raiva.

"Por que não podia simplesmente ficar nos meus braços?"

"Ah, você não tem jeito!", ela bronqueou. "Cadê as minhas coisas?"

Observei o vestido dela, minha cabeça vazia, entorpecido. Vestiu-se, cobrindo a carne área por área, e o torpor aumentou e alcançou minha garganta como um jato de éter. Parecia dissolver minha pele e me pulverizar no ar do quarto.

Ela caminhou até a porta. Esperei ouvir o som da lingueta. Ela parou, a mão na maçaneta.

"Fique. Por favor."

Ela correu para mim e nos abraçamos. Estranhei a textura das roupas dela na minha pele. Molhou meu pescoço e meu rosto de lágrimas.

"Não temos tempo de nos ferir", sussurrou.

"Não chore."

"Não podemos nos cansar um do outro."

Enquanto ela sofria consegui me acalmar de novo. Já reparei diversas vezes ao longo da minha vida que só quando sou confrontado com os extremos da emoção dos outros consigo confirmar minha própria estabilidade. Sua angústia fez com que me recuperasse, deu-me virilidade e compaixão.

Levei-a para a cama.

"Você é linda", falei. "Sempre vai ser."

Logo ela adormeceu em meus braços. Seu corpo era agora mais pesado do que já fora antes. Parecia carregada e inchada de tristeza. Sonhei com uma imensa capa atirada sobre meus ombros por um homem que chorava dentro de uma carruagem voadora.

De manhã ela havia ido embora, como sempre, antes que eu acordasse.

Tamara leu atentamente.

"Mas eu não falo desse jeito", falou com suavidade.

"Nem eu", disse Breavman.

O ato de escrever tornara-se completo quando lhe dera o manuscrito. Já não se sentia dono daquilo.

"Mas você fala, Larry. Você fala como os dois personagens."

"Certo, falo como os dois personagens."

"Por favor, não fique nervoso. Estou tentando entender por que escreveu isso."

Estavam deitados no eterno quarto da Stanley Street. As luzes fluorescentes do outro lado da rua serviam de luar.

"Não importa por quê. Apenas escrevi, só isso."

"E me deu."

"Sim."

"Por quê? Sabia que me magoaria."

"Você devia se interessar pelo meu trabalho."

"Oh, Larry, sabe que me interesso."

"Bem, por isso que lhe dei."

"Parece que a gente não está conseguindo conversar."

"O que você quer que eu diga?"

"Nada."

Começou o silêncio. A cama tornou-se uma prisão com cercas eletrificadas. Ele não conseguia sair nem se mexer. Estava dominado pela ideia de que ali era seu lugar, na cama dele, enfaixado no silêncio. Era o que merecia, tudo que sempre lhe coubera.

Disse a si mesmo que era só abrir a boca e falar. Simples. Dizer as palavras. Quebrar o silêncio com um comentário qualquer. Conversar sobre o conto. Se ao menos conseguisse investir contra o silêncio. Assim poderiam fazer um amor quente e amistoso e conversar como estranhos até a manhã seguinte.

"Será porque quer me dizer que quer terminar tudo?"

Ela fez uma tentativa ousada. Agora devo tentar responder. Vou dizer que queria desafiar o amor dela com uma exibição de veneno. Ela dirá: Oh, era tudo o que queria ouvir, e vai me abraçar para provar que o veneno falhou.

Tudo o que devo fazer é mostrar os dentes, operar a articulação da minha mandíbula, vibrar cordas vocais. Uma palavra basta. Uma palavra que penetrasse no silêncio e o abrisse.

"Tente pelo menos dizer alguma coisa, Larry. Sei que é difícil."

Algum ruído, Breavman, qualquer ruído, qualquer um.

Usando o cérebro como um guindaste, ele ergueu a mão de vinte toneladas e desceu-a sobre o peito dela. Enfiou os dedos através de casas de botão. A pele dela aqueceu as pontas dos seus dedos. Ele a amava por ser quente.

"Oh, vem aqui", ela disse.

Despiram-se como se estivessem sendo caçados. Ele tentou compensar o silêncio com a língua e os dentes. Ela teve que delicadamente afastar o rosto dele do mamilo. Ele glorificou seus quadris com uma conversa de gemidos.

"Por favor, fale alguma coisa dessa vez."

Sabia que se tocasse o rosto dela sentiria lágrimas. Deitou-se, imóvel. Achou que jamais desejaria se mexer de novo. Estava disposto a ficar dias assim, catatônico.

Ela se mexeu para tocá-lo e seu movimento despertou-o como

uma mola. Desta vez, ela não o interrompeu. Ela se resignou ao entorpecimento dele. Ele dizia tudo o que podia com o corpo.

Deitaram-se tranquilamente.

"Você está bem?", perguntou, e de repente ele falava pelos cotovelos.

Ensaiou todos seus planos para uma glória obscura e eles riram. Recitou-lhes poemas e decidiram que ele seria um grande poeta. Ela se sentiu penalizada pela coragem dele em descrever os demônios que tinha nos ombros.

"Vão embora, velharias sujas." Beijou-o no pescoço.

"Um pouco na barriga também."

Pouco depois, Tamara adormeceu. Era isso que ele criticava. O sono dela parecia uma deserção. Sempre acontecia quando estava mais acordado. Pronto para fazer declarações imortais.

Ela descansou a mão no braço dele feito neve sobre a folha, pronta a escorregar quando se mexesse.

Deitado ao lado dela, um insone com visões de vastidão. Pensava em faixas desertas tão imensas que nenhum Povo Escolhido poderia atravessar. Contava grãos de areia como quem conta ovelhas e sabia que seu trabalho duraria eternamente. Pensava em vistas aéreas de campos de trigo tão altos que não conseguia saber para que lado o vento soprava. Territórios árticos e distâncias percorridas em trenó.

Quilômetros que não percorreria, pois não conseguiria jamais sair da cama.

DOZE

Breavman e Krantz ainda costumavam passear de carro a noite inteira. Ouviam sucessos populares nas rádios locais ou clássicos dos Estados Unidos. Iam para o Norte, até o Laurentides, ou para o Leste, até as Townships.

Breavman imaginava o carro onde iam como se visto do alto. Uma bolinha preta se arrastando pela superfície da terra. Livre como um meteoro e talvez tão condenada quanto.

Passaram por campos de neve azul. A crosta de gelo sustentava um acorde de luar como fazem as ondulações na água. O aquecedor estava no máximo. Não tinham aonde ir de manhã, só aulas, e isso não contava. Tudo acima da neve era negro – árvores, cabanas, cidades inteiras.

Correndo àquela velocidade não planejavam ir a lugar nenhum. Podiam misturar todas as possibilidades. Passavam em disparada por árvores que levavam cem anos para crescer. Cruzavam cidades onde homens viviam vidas inteiras. Sabiam que a terra era antiga, as montanhas, as mais antigas da terra. Passavam por tudo aquilo a mais de 120 por hora.

Havia certo desdém na velocidade em que iam, desdém pelas eras que haviam se passado até as montanhas ficarem lisas, pelas gerações de músculos que tinham limpado os campos, pelo trabalho que havia dado para fazer a rodovia onde estavam agora. Tinham consciência desse desdém. Os bárbaros devem ter percorrido estradas romanas com a mesma sensação. Estamos no poder agora. Quem se importava com o que havia vindo antes?

E tinha algo de assustador naquela velocidade. Lá na cidade as famílias cresciam no ritmo das vinhas. As amantes ensinavam uma tristeza que já não era lírica, mas claustrofóbica. A comunidade adulta vinha insistindo para que escolhessem uma especialidade feia dentre uma gama de belas generalidades. Vinham fugindo da maioridade, do verdadeiro bar mitzvah, da verdadeira iniciação, da real e viciosa circuncisão que a sociedade pressionava para infligir por meio de limites e uma rotina insossa.

Foram delicados ao falar com as garotas francesas nas lanchonetes onde pararam. Eram tão patéticas, com seus dentes falsos, frívolas. Esqueceriam delas nos próximos trinta quilômetros. O que faziam atrás daqueles balcões de Arborite? Sonhavam com o neon de Montreal?

A estrada estava vazia. Eram as únicas pessoas em fuga, e saber disso aprofundou a amizade deles mais do que nunca. Para Breavman foi o êxtase. Ele diria: "Krantz, o único sinal que vão encontrar de nós será um rastro de óleo no piso da garagem sem nenhuma iridescência". Krantz andava bastante calado nos últimos tempos, mas Breavman tinha certeza de que pensava nas mesmas coisas. Todos os que os conheciam ou amavam agora dormiam quilômetros para lá do escapamento. Se no rádio tocava rock'n'roll, entendiam seu anseio; se fosse Händel, entendiam sua majestade.

A certa altura nesses passeios, Breavman apresentou o problema para si da seguinte forma: Breavman, você está apto às mais diversas experiências neste que é o melhor dos mundos possíveis. Tantos belos poemas que vai escrever e pelos quais será elogiado, e tantos dias tristes em que não será capaz de nem mesmo colocar a caneta no papel. Haverá muitas e adoráveis bocetas onde relaxar, diferentes cores de pele para beijar, muitos orgasmos pela frente, e tantas outras noites em que terá que se livrar do desejo caminhando, amargo e sozinho. Haverá muitos ápices de emoção, intensos fins de tarde, intuições exaltadas, dores criativas e muitos sanguinários platôs de apatia em que não será dono de nem mesmo seu próprio desespero. Haverá ainda muitas boas mãos para jogar com crueldade ou benevolência, céus imensos sob os quais se deitar e se congratular pela humildade, tantas viagens nas galés da mais sufocante escravidão. Eis o que espera por você. Agora, Breavman, eis o problema. Vamos supor que você pudesse passar o resto da vida exatamente como está agora neste minuto, neste carro viajando para o interior profundo, nesta exata parada da estrada ao lado de uma fileira branca de postes de sinalização, sempre a 120 passando por esses postes, tocando essa canção de *jukebox* sobre rejeição, esse céu específico com suas nuvens e estrelas, a mente incluindo esta imediata seção transversal da memória – o que você escolheria? Mais cinquenta anos neste carro ou mais cinquenta de conquistas e fracassos?

E Breavman nunca hesitou na escolha que fez.

Seguir em frente como agora. E que a velocidade não diminua nunca. Que a neve se mantenha. Que eu nunca seja privado dessa parceria com meu amigo. Que nunca encontremos coisas diferentes para fazer. Que nunca calculemos o valor um do outro. Que a lua fique de um dos lados da estrada. Que a garota seja um borrão dourado na minha mente, como o nevoeiro da lua, ou o brilho de neon sobre a cidade. Que a guitarra rítmica pulse sob a declaração:

When I lost my baby
*I almost lost my mind**

Que a extensão das serras quase comece a brilhar. Que as árvores não se escondam sob as folhas. Que as negras cidades durmam uma única longa noite como amante de Lésbia. Que os monges nos monastérios inacabados se ajoelhem às quatro da manhã para orar em latim. Que Pat Boone fique no mais alto posto das paradas e conte a todos no turno da noite nas fábricas:

I went to see the gypsy
To have my fortune read.

* "I Almost Lost My Mind" (1950), *blues* de Ivory John Hunter, sucesso na gravação de Pat Boone em 1956. Literalmente, "Quase enlouqueci / Quando perdi minha menina / quase enlouqueci. / Fui ver a cigana / para ler a minha sorte. / É o que digo, pessoal, / as notícias não foram muito boas. / Ela disse que minha menina havia me deixado / e tinha ido embora de vez. / embora de vez". [N.T.]

Que a neve sempre dignifique as entradas de carro do caminho até Ayer's Cliff. Que as barracas de madeira pregada dos vendedores de maçã nunca tenham maçãs polidas nem toques de cidra.

Mas deixem-me lembrar o que me lembro sobre jardins. Deixem-me ficar com meu precioso décimo de segundo de fantasia e recordação, mostrando todas as camadas como uma amostra geológica. Que o cadillac ou o fusca corram como por encanto, como uma bomba, deixe que explodam. Que a canção faça o comercial esperar para sempre.

I can tell you, people,
The news was not so good.

A notícia é ótima. A notícia é triste, mas veio numa canção, de modo que não é tão ruim assim. Pat está fazendo todos os meus poemas por mim. São versos para um milhão de pessoas. É tudo o que queria dizer. Ele destilou toda a tristeza, glorificada numa câmara de eco. Não preciso da minha máquina de escrever. Não é ela a bagagem que de repente me lembrei de ter esquecido. Nem lápis, esferográfica, bloco. Não quero sequer desenhar no sereno do para-brisa. Posso inventar sagas na minha cabeça por todo o caminho até Baffin Island mas não preciso passá-las por escrito. Pat, você roubou meu emprego, mas é tão bom sujeito, velho sucesso americano, vencedor ingênuo, que tudo bem. Minha única crítica é: seja um pouco mais desesperado, tente soar como se estivesse agonizando ou vamos precisar de um negro para substituí-lo:

She said my baby's left me
And she's gone for good.

Não deixem as guitarras ralentarem como as rodas de uma locomotiva. Não deixem o sujeito da rádio CKVL me dizer o que acabei de ouvir. Doce música, não me rejeite. Que as palavras continuem como a paisagem que, por mais que viajemos, não deixaremos nunca.

gone for good

Certo, deixe durar a última sílaba. Este é o décimo de segundo pelo qual troquei todas as presidências. Os postes telefônicos fazem jogos intrincados de cama de gato com os cabos passando velozes. A neve se amontoa como o mar Vermelho dos dois lados dos nossos para-lamas. Ninguém nos espera nem dá pela nossa falta. Colocamos todo o dinheiro no tanque de gasolina, estamos abastecidos feito camelos no Saara. O carro seguindo aos trancos, árvores, a lua e sua luminosidade nos campos de neve, os acordes agudos e resignados da canção – tudo está em perfeito equilíbrio para o rápido congelamento, o caso eterno no museu astral.

good

Adeus, senhor, amante, rabi, doutor. Até. Não esqueça as amostras de aventuras de sua mala de comerciante. Meu amigo e eu ficaremos bem aqui – do nosso lado do limite de velocidade. Não vamos, Krantz, não vamos, Krantz, não vamos, Krantz?

"Quer parar para comer um hambúrguer?", Krantz perguntou enquanto divagava sobre uma teoria abstrata.

"Agora ou um dia desses?"

TREZE

Breavman e Tamara estavam brancos. Todas as outras pessoas na praia haviam tomado sol o verão inteiro. Krantz estava perfeitamente bronzeado.

"Sinto-me mais nua", disse Tamara, "como se tivesse tirado uma camada de pele junto com a roupa. Tomara que os outros tirem também a deles."

Relaxavam na areia quente enquanto Krantz avaliava a Prática da Natação. Sentado numa torre de madeira pintada de branco, megafone numa mão, apito na outra.

A água estava prateada de corpos se debatendo. O apito dele atravessou os gritos e risadas, e de repente o mar ficou silencioso. A seu comando os banhistas foram saindo em fila, levantando as mãos dadas, dois de cada vez.

Então, em seguida, os monitores posicionados ao longo das docas berraram: "Apresentar!". Cento e cinquenta crianças ficaram imóveis. A vistoria de segurança terminou, Krantz soprou o apito e a balbúrdia continuou.

Krantz havia surpreendido Breavman no papel de disciplinador. Ele sabia que Krantz trabalhara durante vários verões num acampamento de crianças, mas sempre pensara nele (refletindo melhor agora) como uma das crianças, a melhor das crianças, criando passatempos noturnos geniais, puxando a fila numa brincadeira de seguir o líder no meio do bosque.

Mas ali estava ele, senhor da praia, bronzeado e franzindo os olhos, absoluto. As crianças e a água obedeciam a ele. Parando e recomeçando o barulho e as risadas, e o chapinhar da água com o sopro do apito, Krantz parecia interferir na progressão natural do tempo como um filme congelado numa única imagem e depois posto para rodar de novo. Breavman jamais suspeitara que pudesse ter tal controle.

Breavman e Tamara estavam brancos da cidade, e isso os separava dos corpos bronzeados como se fossem uma subespécie de leprosos inofensivos.

Breavman ficou surpreso ao ver na coxa de Tamara um remoinho de minúsculos pelos dourados. Ela usava solto o cabelo preto e o sol intenso tirava dele fagulhas metálicas.

Não era só o fato de estarem brancos – estavam brancos juntos, e a brancura deles era como o prenúncio de algum ritual diário e impuro que os dois compartilhassem.

"Quando os negros dominarem o mundo", disse Breavman, "é assim que vamos nos sentir o tempo todo."

"Mas Krantz não está maravilhoso?"

Os dois o observaram, como se pela primeira vez.

Talvez fosse essa curiosa ruptura do tempo do apito de Krantz que arrebatava Breavman para um filme em câmera lenta que sempre passava em algum lugar de sua cabeça.

Ele está se vendo de muito longe. O apito silenciou a brincadeira na água. Até as andorinhas parecem imóveis, equilibradas, fixas no alto de escadas de ar.

Esta parte do filme é feita em superexposição. Os olhos doem ao lembrar, mas ele adora ficar olhando.

Em superexposição e dupla exposição. O sol de verão do Laurentides está por trás de cada imagem, fazendo de uma, silhueta, de outra, uma gelatina brilhante e transparente.

Krantz é o mergulhador. Aqui ele se dobra feito um canivete no ar sobre a água, metade prata, metade negro. O respingo sobe lentamente, como penas saindo de uma cratera negra, em torno dos pés que desaparecem.

Uma ovação parte das crianças quando ele vem à tona na doca. Todos os movimentos dele têm intensidade, o mínimo gesto, uma qualidade de força, nos mínimos detalhes. As crianças o cercam e tentam tocar seus ombros molhados.

"Mas Krantz não está maravilhoso?"

Agora Krantz corre em direção aos amigos, com areia grudada na sola dos pés. Está dando as boas-vindas com um sorriso.

Agora Tamara não está tocando em Breavman, deitara-se perto dele, mas agora nada do corpo dela encosta no dele.

Ela fica de pé automaticamente e os olhos dela e de Krantz invadem a tela e mudam de boas-vindas para surpresa, dúvida, desejo – aqui o filme para de vez e sóis lhe deixam marcas de varíola –, e agora os dois eliminam todos os corpos da areia, por um bom trecho correm apenas um para o outro.

As andorinhas naturalmente fazem seus rasantes e o caos de sempre retorna quando Krantz dá sua risada.

"Já estava na hora de virem me visitar."

Os três se abraçam e conversam com animação.

QUATORZE

Tamara e Breavman se formam na faculdade. Já não havia mais nenhuma moldura para a combalida união, que de fato naufragou. Tiveram sorte de a separação não ser amarga. Estavam ambos cheios de dor. Cada um tinha dormido com uma dúzia de pessoas diferentes e usado cada um desses nomes como arma. Uma lista de tortura de amizades e inimizades.

Separaram-se na mesa de um café. Dava para pedir vinho em xícaras de chá se você conhecesse a dona e pedisse em francês.

O tempo todo ele sempre soube que jamais chegara a conhecê-la e que jamais a conheceria. Adoração por coxas não basta. Nunca quis saber quem era Tamara, só o que ela representava. Confessou isso a ela e conversaram por três horas seguidas.

"Sinto muito, Tamara. Quero tocar as pessoas como um mágico, transformá-las ou feri-las, deixar minha marca, torná-las pessoas bonitas. Quero ser o hipnotizador que não se arrisca a se deixar adormecer. Quero beijar com um olho aberto. Ou pelo menos quis. Não quero mais."

Ela amava o modo como falava.

Voltavam ao quarto da Stanley Street, clandestinamente, de quando em quando. Um rapaz de vinte anos é capaz de muita ternura por uma amante antiga.

"Sei que nunca consegui enxergar você. Borro todo mundo com a minha visão pessoal. Nunca chego à música da própria pessoa..."

Depois de algum tempo o psiquiatra dela achou melhor ela parar de encontrá-lo.

QUINZE

Breavman ganhou uma bolsa para escrever um trabalho no departamento de inglês em Columbia, mas resolveu não aceitar.

"Ah, não, Krantz, nada tem mais cheiro de matadouro do que esses seminários acadêmicos. Uma gente sentada ao redor de mesas em pequenas salas de aula, as mãos sangrentas de aspas. Vão ficando mais velhos e a idade dos poetas continua a mesma, vinte e três, vinte e cinco, dezenove."

"Então você só tem mais quatro anos, Breavman."

Seu livro de cenas de Montreal havia saído e fora bem recebido. Começou a ver o volume nas estantes dos amigos e parentes e a se sentir mal com isso. Ninguém tinha nada a ver com os seios de Tamara sob o luar artificial da Stanley Street.

Canadenses são loucos por Keats. Saraus literários são o modo anglófilo de expressar paixão. Ele leu seus textos para pequenas sociedades, grandes grupos universitários, encontros ilustrados na igreja. Foi para cama com o maior número possível de mediadoras. Passou a pular a conversa. Apenas citava a si mesmo. Era capaz de manter um silêncio opressivo na mesa de jantar para fazer a adorável filha do dono da casa achar que estava pensando nela.

A única pessoa com quem podia fazer piada era Krantz.

O mundo estava sendo fraudado por uma melancolia disciplinada. Suas cenas tinham todas uma qualidade nostálgica. Para ser amado pelo público, bastou publicar suas angústias. Todo o empreendimento da arte não passava de uma exibição calculada de sofrimento.

Passeava com garotas muito loiras pelo Westmount Boulevard. Dizia-lhes que para ele as elegantes casas de pedra eram meras ruínas. Dava a entender que poderiam se sentir plenas com ele. Podia se apoiar sobre uma lareira com toda a tragédia ambígua de um Sansão contra os pilares do templo.

Entre alguns judeus do comércio era considerado um traidor menor que não podia ser condenado pura e simplesmente. Ficavam apavorados com a possibilidade de que pudesse vir a ter sucesso financeiro com o que vinha fazendo. O nome dele estava nos jornais. Isso lhes atacava a úlcera. Podia não ser um membro exemplar da comunidade, mas tampouco o haviam sido Disraeli ou Mendelssohn, para cujas apostasias a sensibilidade judaica para realizações sempre fizera vista grossa. Além disso, escrever é parte essencial da tradição judaica e nem mesmo a degradada situação do mundo contemporâneo poderia suprimi-la. O respeito pelos livros e pelas artes duraria ainda mais uma ou duas gerações. É algo que só duraria para sempre se fosse reconsagrado.

Entre alguns gentios era suspeito por outros motivos. A barbaridade semita oculta sob a capa da Arte – ali estava ele, um intruso nos rituais dos coquetéis. Eram devotados à Cultura (como todo bom canadense), mas ele ameaçava a pureza do sangue de suas filhas. Fizeram dele alguém tão vital quanto um negro. Conversava longamente com corretores da bolsa sobre os excessos da formação cultural e a perda da vitalidade criativa. Pontuava o discurso com expressões em iídiche que jamais pensara em usar antes. Nos salões, sem nenhum motivo, às vezes começava dancinhas hassídicas ao redor da mesa de chá.

Incorporou Sherbrooke Street aos seus domínios. Achava que entendia aquela tristeza elegante melhor do que qualquer um na cidade. Sempre que entrava numa daquelas lojas se lembrava de que estava de pé no que um dia havia sido a sala de visita de uma imponente casa da cidade. Soltou um suspiro histórico pelas mansões que viravam cervejarias e escritórios de seguradoras. Sentou na escadaria do museu e observou as elegantes mulheres entrando nas lojas de roupas ou passando com os cachorrinhos empolados em frente ao Ritz. Viu pessoas na fila do ônibus, embarcando e sumindo no quadro. Sempre achou aquilo um mistério. Entrava em bancos novos que pareciam lavabos e se perguntava o que todo mundo estaria fazendo ali dentro. Olhava fixamente para frontões de vinhas esculpidas. Gárgulas de pedra marrom da igreja. Varandas com intrincadas esculturas em madeira a leste do parque. A rosácea do vitral de outra igreja com pregos para impedir que os pombos empoleirassem ali. Velhos materiais, ferro, vidro, pedra.

Não tinha planos para o futuro.

Bem cedo certa manhã, ele e Krantz (não haviam dormido na noite anterior) sentaram num muro baixo de pedra na esquina da Mackay com a Sherbrooke e ficaram importunando a multidão que entrava às oito e meia.

"Acabou a farsa", berrou Breavman. "Está tudo acabado. Voltem para suas casas. Continuem obedecendo. Não questionem. Direto para casa. Voltem para a cama. Encerramos por aqui, vocês não estão vendo?"

"*Consummatum est*", disse Krantz.

Mais tarde Breavman diria: "Você não acredita de verdade, não é, Krantz?".

"Não tanto quanto você."

Nada de planos para o futuro.

Ele poderia enfiar a mão num decote que ninguém se importaria. Era uma espécie tímida de Dylan Thomas, com o talento e os hábitos adaptados para o gosto canadense.

Sentia-se como se tivesse se masturbado diante das câmeras de televisão. Não sabia o que era privacidade, contenção, discrição.

"Você sabe o que sou, Krantz?"

"Sei, e não vá recitar a lista inteira."

"Um garanhão de mulheres infelizes. Um observador de ruínas vitorianas ao crepúsculo. Um especialista classe média em canções sobre uniões arruinadas. Um exibicionista assombrado pela própria raça acenando eternamente com minha circuncisão. Um cachorrinho de colo que dá suas lambidas."

Assim, de acordo com as tradições de sua classe, pagou penitência por meio do trabalho manual.

Durante uma de suas caminhadas pela orla de Montreal passou por uma fundição de latão, uma pequena firma que fazia ferragens para banheiros. Havia uma janela aberta e ele espiou lá dentro.

O ar estava enfumaçado. Vinha de dentro da casa um ruído incessante de máquinas. Encostados à parede havia montes de areia cor de lodo. Lá nos fundos, cadinhos de pedra incandesciam em fornalhas subterrâneas. Os homens estavam todos cobertos de sujeira. Erguiam pesados moldes de areia. Através da fumaça pareciam figuras daquelas velhas gravuras do Purgatório.

Então içaram da fornalha um cadinho incandescente por um sistema de polias que o levou balançando até uma fileira de moldes. Baixaram-no ao chão e a escória transbordou na superfície.

Agora um homem imenso usando avental de amianto e óculos de ferreiro assumia. Posicionou o cadinho sobre os moldes. Com uma espécie de pedal, inclinou o recipiente de pedra e derramou o latão fundido nos furos de chumbo dos moldes.

Breavman ficou estupefato com o brilho do metal líquido. Era a cor que o ouro devia ter. Era tão belo quanto a carne. Era a cor do ouro que ele imaginava quando lia a palavra em orações e poemas. Era amarelo, vivo e gritante. Derramava-se num arco com fumaça e fagulhas brancas. Observou o homem percorrendo as fileiras, vertendo sua glória. Parecia um ídolo monolítico. Não, era um verdadeiro sacerdote.

Eis o emprego que queria, mas não era o que havia conseguido. Tornara-se um puxador de fio, um manipulador de cabos. Inábil. Recebia 75 centavos por hora. Das sete e meia às cinco e meia, com meia hora de almoço.

O tamanho do modelo determina o tamanho dos furos na lingoteira. O modelo é feito de areia aquecida e tem o tamanho do fio.

É colocado entre as duas metades do molde, e o latão escorre ao redor, criando o furo. Quando o molde é quebrado e o lingote é extraído, contêm o fio onde o modelo estava suspenso.

O trabalho dele era tirar esses fios de dentro do molde. Sentava numa caixa perto das mesas compridas onde os moldes eram colocados para serem preenchidos. Ao lado dele, ficava uma pilha de moldes quentes com esses fios saindo pelas pontas. Segurava um com a mão esquerda enluvada e arrancava o fio retorcido com um alicate.

Arrancava milhares de fios por semana. Só parava para ver o latão sendo derramado. Acabou descobrindo que o moldador era negro. Era impossível saber com a sujeira no rosto de todo mundo. Se um dia conheceu alguma história de heróis proletários, foi essa.

Puxa o fio, Breavman.

A beleza do latão não terminava nunca.

Assumia sua posição em meio ao fogo, à fumaça e à areia. A fundição não tinha ar-condicionado, ainda bem. Suas mãos foram criando calos, o que era normal para as meninas que trabalhavam, mas que tinha o impacto de uma medalha para as outras garotas.

Sentava-se em sua caixa e olhava ao redor. Tinha vindo para o lugar certo. Máquinas de corte e o rugido das fornalhas eram justamente a música certa para purificá-lo. Suor e sujeira num traseiro masculino com acne era uma imagem que colocava a carne sob outra perspectiva. O ar era carregado: inspirar depois de um suspiro nostálgico cobria a garganta com fuligem de escória. A visão de velhos e jovens condenados a suas pilhas de areia acrescentava um aspecto esplendoroso à visão de cordeiros, monstros e criancinhas. As janelas do teto permitiam a entrada de raios de um sol sujo que em geral se perdiam na fumaça generalizada. Trabalhavam num escuro tingido de vermelho pelo fogo. Tornara-se mais uma figura na gravura infernal que vislumbrara algumas semanas antes.

A firma não era sindicalizada. Pensou em procurar o sindicato e ajudar a organizar as coisas. Mas não era para isso que estava ali. Estava ali devido ao tédio e à penitência. Mostrou Walt Whitman a um imigrante irlandês e o convenceu a estudar à noite. Seu trabalho social parou por aí.

O que matava era o tédio. O trabalho manual não liberava a mente para divagações. Entorpecia, mas a anestesia não era forte o bastante para livrá-lo da consciência. Ainda reconhecia a servidão. Subitamente se daria conta de que havia uma hora vinha entoando a mesma canção sem parar. Cada fio representava uma pequena crise e cada extração, um pequeno triunfo. Não podia evitar de reconhecer esse absurdo.

Quanto mais entediado ficava, mais desumana era a beleza do latão. Era brilhante demais para os olhos. Foi preciso usar óculos de ferreiro. Era quente demais para ficar perto. Foi preciso usar avental. Muitas vezes por dia observava o metal sendo vertido, sentindo seu calor mesmo de onde estava sentado. O arco do líquido passou a representar uma intensidade jamais alcançada.

Bateu ponto toda manhã durante um ano.

DEZESSEIS

Seu amigo ia embora de Montreal para estudar na Inglaterra.

“Mas, Krantz, você está abandonando Montreal. Montreal às vésperas do apogeu, uma Atenas, uma Nova Orleans.”

“Os franchutas são terríveis”, ele disse, “os judeus também, e os ingleses são absurdos.”

“Daí nossa grandeza, Krantz. Fertilização cruzada.”

“Certo, Breavman, você fica aqui e faz a crônica dessa Renascença.”

Era uma noite no início do verão na Stanley Street. Breavman estava na fundição havia um mês. As meninas passeavam com os braços de fora.

“Krantz, esses braços, esses peitos, essas bundas, ó catálogo de delícias!”

“Enfim elas resolveram aparecer.”

“Krantz, você sabe por que a Sherbrooke Street é tão terrivelmente linda?”

“Porque você quer transar.”

Breavman pensou por um segundo.

“Tem razão, Krantz.”

Era ótimo retomar o diálogo com Krantz; não haviam se encontrado muitas vezes nas últimas semanas.

Mas ele sabia que a rua era linda por outros motivos. Porque havia lojas e pessoas morando nos mesmos edifícios. Quando se tem apenas lojas, especialmente essas de fachadas modernas, há um cheiro terrível de ganância por dinheiro. Quando se tem apenas casas, ou ainda quando as casas ficam longe demais das lojas, exsudam um segredo venenoso, como um latifúndio ou um matadouro.

Mas o que Krantz havia dito era verdade. Não, não era porque queria transar. Mas porque havia beleza naqueles quarteirões.

Meia quadra acima, uma garota entrou na Sherbrooke. Passeava sozinha.

“Lembre-se, Krantz, três anos atrás nós a seguiríamos com todo tipo de delírios carnais.”

“E sairíamos correndo se ela olhasse para trás.”

A garota diante deles passou sob a luz de um poste, a luz deslizando pelas camadas de seu cabelo. Breavman começou a assoviar “Lili Marlene”.

“Krantz, estamos entrando num filme europeu. Você e eu somos velhos oficiais a caminho de algo importante. Sherbrooke é uma ruína. Por que parece que a guerra acabou de terminar?”

“Porque você quer transar.”

“Ora, Krantz, me dê uma chance.”

“Breavman, se desse uma chance você ficaria chorando todas as noites durante o verão inteiro.”

"Sabe o que vou fazer, Krantz? Vou correr até ela e ser muito delicado e gentil, e convidá-la para se juntar a nós numa caminhada pelo mundo afora."

"Vá você, Breavman."

Apertou o passo e ficou ao lado dela. E foi só. Com toda a compaixão dos desconhecidos. Ela virou o rosto e olhou para ele.

"Desculpe", ele disse, e parou. "Achei que fosse outra pessoa."

Ela foi embora e ele esperou Krantz alcançá-lo.

"Era um monstro, Krantz. Não daria para beber com ela. Não tinha lá aquela beleza toda."

"Não é nossa noite."

"A noite está só começando."

"Preciso acordar cedo para pegar o navio."

Mas não voltaram direto para Stanley Street. Caminharam lentamente pelas ruas até chegar em casa: University, Metcalfe, Peel, MacTavish. Batizadas em homenagem a britânicos ilustres. Passaram as casas de pedra e suas negras cercas de ferro. Muitas daquelas casas haviam sido tomadas pela universidade ou se transformado em pensões, mas aqui e ali ainda havia um coronel ou uma senhora morando, cuidando dos gramados e cercas-vivas, ainda subindo pelas escadarias de pedra como se todos os vizinhos fossem seus iguais. Vagaram a esmo pelo campus da universidade. A noite, assim como o tempo, conferia a todos os edifícios uma profunda dignidade. Ali estava a biblioteca com a opressiva carga de palavras, escuridão e pedra.

"Krantz, vamos dar o fora daqui. Os edifícios estão começando a me atrair com seu chamado."

"Já entendi o que quer dizer, Breavman."

No caminho até a Stanley Street, Breavman já não estava dentro de um filme. Tudo o que queria fazer era se virar para Krantz e lhe desejar sorte, toda a sorte do mundo. Não havia outra coisa a dizer para uma pessoa.

Os táxis começavam a estacionar diante das hospedarias para turistas. Meia quadra abaixo era possível pedir uísque em xícaras de café num risca-faca disfarçado de clube de *bridge*. Observaram os taxistas manobrando na contramão: amigos da polícia. Conheciam todas as senhorias, lojistas e garçonetes. Eram cidadãos do centro. E Krantz estava indo embora como um pássaro adulto.

"Sabe, Breavman, você não é um servo do sofrimento de Montreal."

"É claro que sou. Você não está me vendo, crucificado num bordo no alto do monte Royal? Os milagres só estão começando a acontecer. Ainda tenho fôlego para lhes dizer: 'Falei pra vocês, seus desgraçados cruéis'."

"Breavman, você é um cretino."

E logo a conversa dos dois seria interrompida. Pararam calados na varanda, observando a noite que engrenava.

"Krantz, tenho alguma coisa a ver com você ter resolvido ir embora?"

"Um pouco."

"Desculpe."

"A gente precisa parar de interpretar o mundo um para o outro."

"É... é..."

Os edifícios eram tão familiares para eles, e as ruas tão bem conhecidas. Até mesmo Gautama chorou quando perdeu um amigo. Amanhã nada mais seria igual. Mal conseguia suportar pensar nisso. Krantz não estaria mais ali. Seria um trator desgovernado no coração da cidade. Não eram do tipo de gente que escreve cartas.

Krantz deu uma boa olhada ao redor. "Ora, ora", disse, como um velho fazendeiro numa cadeira de balanço.

"Ora, ora", concordou Breavman, mesmo sem assunto.

"Parece que chegou a hora", disse Krantz.

"Boa noite, Krantz."

"Boa noite, velho Breavman."

Ele sorriu e apertou a mão do amigo.

"Boa noite, velho Krantz", e juntaram as quatro mãos e depois cada um foi para o seu quarto.

DEZESSETE

Montreal vinha comprando loucamente discos de Leadbelly e dos Weavers, e invadindo o Gesu Hall em casacos de vison para ouvir Pete Seeger interpretar canções socialistas. Breavman estava na festa por conta de sua reputação de cantor folk e subcelebridade. A anfitriã sutilmente havia sugerido ao telefone que levasse o violão, mas ele não tinha levado. Não tocava havia meses.

"Larry! Que bom, faz anos que não nos vemos!"

"Como você está bonita, Lisa."

Com aquele primeiro olhar de aprovação ele a reivindicava para si, por causa da rua onde haviam morado, porque sabia como ela era branca, porque o corpo saltitante dela estava preso ao dele pelo fio vermelho. Ela baixou os olhos.

"Obrigada, Larry. E você acabou ficando famoso."

"Não muito famoso, mas é uma boa palavra."

"Vimos você sendo entrevistado na TV semana passada."

"Neste país os escritores são entrevistados na TV por um único motivo: fazer o resto do país dar risada."

"Todo mundo diz que você é muito inteligente."

"São todos um bando de fofoqueiros maldosos."

Ele lhe trouxe uma bebida e conversaram. Ela contou dos filhos, dois meninos, e trocaram informações sobre as famílias. O marido dela viajava a trabalho. Ele e o pai de Lisa abriam boliches automáticos pelo país. Saber que estava sozinha despertou as fantasias de Breavman. Claro que estava sozinha, claro que ele a encontraria naquela noite específica, enfim, estava sendo entregue a ele.

"Lisa, agora que tem filhos, você pensa às vezes na sua própria infância?"

"Costumava sempre prometer a mim mesma que quando crescesse me lembraria exatamente como foi, e trataria meus filhos daquele ponto de vista."

"E você cumpriu?"

"É muito difícil. É surpreendente quanta coisa a gente esquece e como sobra pouco tempo para se lembrar. Em geral, a gente age instantaneamente e torce para que a decisão tomada seja a melhor."

"Você se lembra da Bertha?", foi a primeira pergunta que ele quis fazer.

"Lembro, mas ela não..."

"Você se lembra de mim?"

"Claro."

"Como eu era?"

"Acho que você não vai gostar se eu disser que você era igual a todos os meninos de dez anos. Não sei, Larry. Você era um bom menino."

"Você se lembra do Soldado e da Prostituta?"

"Como?"

"Você se lembra da minha bermuda verde?"

"Não seja bobo..."

"Gostaria que você se lembrasse de tudo."

"Por quê? Se a gente se lembra de tudo não consegue mais fazer nada."

"Se você se lembrasse do que me lembro iria para a cama comigo agora mesmo", falou sem pensar.

Lisa era boa, prudente, ou interessada o bastante para não fazer piada com o que ele tinha dito.

"Não, não iria. Mesmo que quisesse, não iria. Sou muito egoísta ou apavorada ou pudica, ou o que for, para arriscar o que tenho. Quero continuar com tudo o que tenho."

"Eu também. Não quero me esquecer de ninguém com quem tive alguma ligação."

"Você não precisa se esquecer. Especialmente de mim. Estou contente de tê-lo encontrado aqui. Você precisa vir nos visitar e conhecer Carl e os meninos. Carl é um grande leitor, tenho certeza de que vai gostar de conversar com ele."

"A última coisa que quero é conversar sobre livros com alguém, nem com Carl. Quero dormir com você. É muito simples."

Ele tinha intenção de, com essa imprudência, atingi-la logo e desarmá-la, mas só conseguiu tornar a conversa forçada.

"Para mim não é simples. Não estou tentando ser engraçada. Por que você quer dormir comigo?"

"Porque um dia andamos de mãos dadas."

"E isso é motivo?"

"Os seres humanos têm sorte de estarem ligados de algum modo que seja, até mesmo pela mesa entre eles."

"Mas você não pode estar ligado a todo mundo. Assim acabaria não significando nada."

"Para mim significaria."

"Mas ir para a cama é o único modo de um homem e uma mulher se ligarem?"

Breavman respondeu em termos de flerte, não com base na experiência real.

"O que mais existe? Conversa? Sou do ramo e não tenho a menor fé em palavra nenhuma. Amizade? Uma amizade entre um homem e uma mulher que não seja baseada em sexo ou é hipocrisia ou masoquismo. Quando vejo o rosto de uma mulher transformado pelo orgasmo que atingimos juntos, aí sei que nos conhecemos. Todo o resto é ficção. Esse é o vocabulário que usamos hoje em dia. É a única língua que resta."

"Então é uma língua que ninguém entende. Que se torna um balbucio."

"É melhor do que o silêncio. Lisa, vamos dar o fora daqui. A qualquer momento vão me perguntar por que não trouxe o violão, e sou capaz de dar um soco na boca de alguém. Vamos conversar tomando um café, em algum outro lugar."

Ela balançou a cabeça delicadamente. "Não."

Foi o melhor não que já havia recebido na vida porque tinha dignidade, apreço e uma negação firme. Considerava-o e punha fim à brincadeira. Agora estava contente de conversar, olhar para ela, e ficar imaginando como fazia quando os rapazes de cachecóis brancos vinham buscá-la em casa e levá-la embora nos carrões.

"Nunca ouvi essa palavra tão bem empregada."

"Achei que era o que você queria ouvir."

"De onde tirou todo esse bom-senso?"

"Cuidado, Larry."

"Olha só o que encontramos aqui", a anfitriã disse sorrindo. Diversos convidados vinham atrás.

"Nunca ouvi você tocando", disse Lisa. "Gostaria muito."

Ele pegou o violão de alguém e o afinou. Desligaram o toca-discos e todo mundo puxou uma cadeira ou sentou no tapete grosso.

Era um belo instrumento espanhol, de madeira muito leve, cordas graves ressonantes. Ele não pegava num violão havia meses, mas assim que tocou o primeiro acorde (lá menor) ficou feliz por ter concordado em tocar.

O primeiro acorde é sempre crucial para ele. Às vezes soa metálico, brando, e então o melhor a fazer é guardar o instrumento, porque o som depois nunca melhora e todas as suas invenções soam como jingles de comerciais. Acontece quando ele aborda o instrumento sem o devido respeito ou afeto. O violão o repreende como uma mulher frígida reclamona.

Mas há os bons momentos em que o som sai profundo e prolongado, e mal pode acreditar que é ele mesmo quem está tocando as cordas. Olha para a mancha intrincada da mão direita e os dedos bailarinos da mão esquerda pisando entre os trastes, e imagina que ligação haveria entre todos aqueles movimentos e a música no ar, que parece brotar como que da própria madeira.

Foi assim quando tocou e cantou só para Lisa. Cantou as músicas da Guerra Civil Espanhola, não como um partisan, mas como um historiador tiresiano. Interpretou canções em tons menores sobre ausência, pensando na bela abertura do poema de Donne:

Sweetest love! I do not go
*For weariness of thee,**

que é a essência de qualquer canção de amor. Mal cantou as palavras, ele as recitou. Redescobriu a poesia que o impressionara anos antes, o verso fácil que se entregava despreocupadamente, e então, antes do fim, chegava em casa.

I'd rather be in some dark valley
Where the sun don't ever shine,
Than to see my true love love another
*When I know that she should be mine.***

Tocou por uma hora, projetando a melodia em Lisa. Enquanto cantava desejou desatar o fio vermelho e libertá-la. Seria o melhor presente que poderia lhe dar.

Quando terminou e colocou o violão cuidadosamente de lado, ainda que contivesse o melhor de si, Lisa disse: "Isso me fez sentir mais ligada a você do que tudo o que disse antes. Por favor, venha nos visitar em casa logo".

"Obrigado."

Logo ele escapou da festa para fazer uma caminhada pela montanha. Ficou olhando a lua, que não se moveu por um longo tempo.

* "Song", do poeta inglês John Donne (1572-1631). Literalmente: "Mais doce amor! Não parto / por cansaço de ti". [N.T.]

** Literalmente: "Preferiria estar em algum vale escuro / Onde o sol não brilha jamais, / A ver meu verdadeiro amor amar um outro / Quando sei que ela devia ser minha". [N.T.]

DEZOITO

Quatro dias depois o telefone tocou à uma e meia da manhã. Breavman correu para atender, feliz por interromper sua agenda de trabalho. Sabia tudo o que ela iria dizer.

"Não achei que já estivesse dormindo", Lisa disse.

"Não estou. Mas você deveria estar."

"Queria ver você."

"Também gostaria de vê-la, mas tenho uma ideia melhor: desligue o telefone e vá dar uma olhada no quarto dos seus filhos e depois vá dormir."

"Já fiz isso. Duas vezes."

Era um país livre. Velhos tabus vinham perdendo prestígio. Eram ambos adultos e ninguém os chamaria para o jantar. Ela tinha vinte e poucos anos, era rica, branca, com um carro novo e um marido fora da cidade, a clássica viúva de comercial. Ele estava sozinho com sua insônia e manuscritos ruins.

Breavman, seu libertino falsário, com seu quarto horrivelmente vazio enquanto sua caridade sorri. Sabia que ela seria entregue, Krantz.

Ela interrompeu o silêncio. "Você quer que eu vá aí?"

"Quero."

Ele enfiou toda a roupa suja no armário e escondeu um prato sujo de ovo numa pilha de pratos limpos. Sentou diante da escrivaninha e lentamente recolheu os originais, sentindo um estranho prazer em cada ação, como se agora tivesse um direito especial de condenar seus escritos.

Ela estava de calça comprida, o cabelo preto solto, recém-escovado. Trouxe uma limpa fragrância laurenciana para o quarto.

"Você está com um cheiro de quem acabou de descer uma rampa de esqui."

Serviu-lhe uma taça de xerez. Em poucos minutos soube da história toda. O marido não estava numa viagem pelo Canadá, abrindo pistas de boliche. Estava em Toronto morando com uma mulher que trabalhava na companhia de rádio e televisão canadense.

"Meu pai está com o relatório completo do detetive. Eu não quis saber os detalhes."

"Essas coisas acontecem", disse Breavman, com uma vulgaridade que transformou a última palavra num murmúrio.

Lisa falava e bebericava seu xerez calmamente, longe de perder a tranquilidade com que havia chegado. Ele sentiu isso, assim como todas as coisas preciosas que ela tinha, ela deixara as emoções em casa. Ela sabia que essas coisas aconteciam, sabia que tudo acontece, e daí?

"Ele vai voltar."

Lisa mostrou com os olhos que o marido não precisava de Breavman como defensor.

"E você o ama, Lisa, e os seus filhos, e a sua casa. É a coisa mais óbvia em você."

Ela baixou os olhos e analisou a taça de vinho. Achou que pudesse estar se lembrando das fileiras de copos de cristal da própria casa, comparando a desordem do quarto dele com a ordem doméstica da casa dela. Mas ela tinha vindo para se vingar, e, quanto piores as condições, mais doce seria. Talvez não estivesse se sentindo sozinha, talvez se sentisse humilhada.

"Não quero falar sobre Carl agora."

"Fico feliz que tenha vindo. Você me fez muito bem na noite da festa, o modo como me ouviu. Achei que nunca mais a veria sozinha de novo, e eu queria muito."

"O estranho é que percebi que você era a única pessoa que poderia ter encontrado."

Talvez ela pudesse expressar sua vingança com ele porque ele era um segredo, não parte de sua vida, embora não exatamente um estranho – era como encontrar alguém de sua cidade num lugar estrangeiro.

Assim, talvez pudessem sentar juntos, talvez segurasse a mão dela, e conversariam sobre o rumo curioso das coisas. Poderiam caminhar de braços dados pela Sherbrooke Street, o verão chegava ao fim. Ele poderia oferecer companhia e amizade como consolo. Ou poderiam ir diretamente para a cama; não havia nada no caminho.

Não havia pelo menos uma coisa inevitável e aborrecida afinal? Ele se aproximou dela e beijou sua boca. Ela se levantou e se abraçaram. Ambos sentiram naquele momento a necessidade mútua de se livrar do pensamento e das palavras. Ela estava cansada de humilhação. Ele, de imaginar por que desejava tanto seu corpo, ou qualquer corpo.

Desempenharam o ato do amor, como ele fizera tantas vezes antes, um protesto contra o acaso e as circunstâncias. Elogiou sua beleza e as pistas de esqui que haviam feito suas pernas tão belas.

Mas ele não dormiu com a pequena Lisa. Não voltou ao parque onde as babás vigiavam os marujos mirins. Não construiu uma garagem misteriosa ao redor de suas formas nuas. Fez amor com uma mulher. Não era mais Lisa. Ele entendeu aquilo assim que se recostaram e conversaram, enfim, sobre a infância e a cidade. O combinado, interrompido pelas regras, jamais seria cumprido. Aquela era uma mulher com quem começava a ter um caso, talvez. A menina que crescera e o havia trocado por seios e carrões e cigarros do mundo adulto não era a mulher pacífica ao lado dele agora. Aquela menina se esquivaria dele e faria com que sempre pensasse nela.

O sol já tinha nascido quando ela se vestiu para ir embora.

"Descanse um pouco", ela disse. "Ligo amanhã. É melhor você não ligar para a minha casa. Nunca ligue na minha casa."

Foi à janela para vê-la indo embora no carro. Ela baixou o vidro e acenou para ele, e de repente estavam os dois acenando com mais força e por mais tempo do que as pessoas costumavam fazer. Ela chorava e mostrava a palma da mão como se apertasse, para trás e para frente, um semáforo aflito, como que para apagar algo no ar da manhã, por favor, todos os contratos, votos, acordos, novos ou antigos. Ele se debruçou para fora da janela e com um aceno de mão concordou em deixar a noite passar, em deixá-la ir embora, livre, porque já conseguira tudo o que precisava dela em uma única tarde.

DEZENOVE

Há quem diga que ninguém vai embora de Montreal, pois essa cidade, assim como o próprio Canadá, foi feita para preservar o passado, um passado que aconteceu em outro lugar.

Esse passado não está preservado nos edifícios ou monumentos, que deixam muito a desejar, mas na mente dos cidadãos. As roupas que vestem, seus empregos, são apenas disfarces da moda. Todo homem fala com a língua do pai.

Assim como não existem canadenses, não existem montrealenses. Pergunte a um homem quem é e ele lhe dirá uma raça.

E assim de repente mudam as ruas, os arranha-céus se recortam contra o St. Lawrence, mas é de certa forma irreal e ninguém acredita, porque em Montreal não existe o presente do indicativo, só as reivindicações das vitórias do passado.

Breavman sumiu da cidade.

Sua mãe telefonava todo dia. Estava sozinha, será que ele sabia o que isso significava? Tinha dor nas costas, as pernas estavam inchadas. As pessoas perguntavam do filho e ela tinha que dizer que ele era operário numa fábrica.

Breavman deitava o telefone e a deixava falar. Não tinha força nem habilidade para confortá-la. Sentava-se ao lado do aparelho, incapaz de falar ou pensar, atento apenas àquela voz monótona e áspera.

"Olhei no espelho hoje e não me reconheci, rugas de preocupação, de tantas noites pensando no meu filho, se mereço isso, quinze anos com um homem doente, um filho que não se importa se a mãe caiu dura no chão, uma prostituta não seria para o filho o que sou, porque tenho tudo, porque como chocolate todo dia, se tenho diamantes por tudo o que eu sacrifiquei, quinze anos, e pedi algum dia alguma coisa para mim, uma russa com duas pernas quebradas, uns tornozelos tão inchados que o médico ficou surpreso, mas o meu filho é incapaz de ouvir a verdade, toda noite fico vendo televisão, alguém liga para o que estou fazendo, eu que fui uma mulher feliz, eu era bonita, agora estou feia, as pessoas na rua nem me reconhecem mais, dei a minha vida pelo quê, era muito boa com todo mundo, uma mãe, mãe só tem uma, e por acaso a gente vai viver para sempre, uma mãe é uma coisa frágil, a sua melhor amiga é a sua mãe, se existe uma pessoa no mundo que liga para o que acontece com você é a sua mãe, se cair na rua quem vai acudir é a sua mãe, e, se caio dura, no mundo inteiro você vê as pessoas correrem para ver a mãe, a vida é uma só, o resto é um sonho seu, sorte sua..."

E quando ela terminou ele disse: "Espero que esteja se sentindo melhor, mãe", e desligou.

Agora ela ia a um psiquiatra. Não parecia estar ajudando. Será que ela tomava a medicação que ele mandava? A voz parecia mais histérica.

Ele sumiu da vida da mãe e da família.

Achava que os tios altos de roupas escuras eram príncipes de uma comunidade da elite. Achava que a sinagoga era a casa de purificação deles. Achava que os negócios deles eram domínios feudais de benevolência. Mas acabou descobrindo com o tempo que nenhum deles sequer pensava nessas coisas. Tinham orgulho do sucesso nas finanças e dentro da colônia. Gostavam de ser os primeiros, de ser respeitados, de sentar perto do altar, de ser chamados para erguer os rolos. Não se dedicavam a nenhuma outra ideia. Não acreditavam que o sangue era consagrado. De onde havia tirado a ideia de que achavam isso?

Quando viu o rabino e o chantre vindo com as túnicas brancas, a luz nas letras brocadas dos xales de oração, quando se levantou entre os tios e se curvou com eles e juntou a voz à deles nas respostas; quando acompanhou em seu livro de orações o catálogo de magnificências –

Não, os tios não eram graves o bastante. Eram rígidos, não graves. Não pareciam perceber a fragilidade da cerimônia. Participavam dela cegamente, como se fosse durar para sempre. Não pareciam perceber como eram importantes, não convencidos, mas importantes para o encantamento, para o altar, para o ritual. Eram ignorantes do ofício da devoção. Eram meros devotos. Nunca pensavam em como a cerimônia beirava o caos. A nobreza deles não era assegurada pois se baseava na herança e não era uma criação improvisada diante da aniquilação.

Na parte mais solene ou alegre do ritual, Breavman sabia que todo o procedimento poderia, num segundo, voltar à desolação. O chantre, o rabino, os leigos escolhidos ficavam de pé diante da Arca aberta, segurando nos braços os rolos da Torá, que pareciam criancinhas reais de pescoço duro, e depois devolviam um por um ao seu berço dourado. A bela melodia se erguia, proclamando que a Lei era uma árvore da vida e um caminho de paz. Será que não viam como ela precisava ser alimentada? E todos aqueles homens reverentes, que faziam os movimentos tradicionais, não sabiam que outros homens haviam composto a canção sagrada, outros homens haviam desenvolvido, após muita confusão e falta de jeito, aqueles gestos que pareciam eternos? Davam como certo algo que morria em suas mãos.

Mas por que ele se importava? Não era Isaías, e o povo não estava reclamando. Sequer gostava do povo ou do deus que cultuavam. Não tinha nenhum direito no caso.

Não queria culpar ninguém. Por que então sentia que havia sido criado por eles para a decepção? Sentia amargura porque não podia herdar a glória que inconscientemente divulgavam. Não podia fazer parte da irmandade mas queria estar entre eles. Uma nostalgia da solidariedade. Por que envolvia também a dor de seu pai?

Deu as costas para a cidade. Abusara das ruas com elogios. Esperara demais de certas cercas de ferro fundido, de torres absurdas e especiais, escadas para a montanha, vistas de pontes de manhã bem cedo no St. Lawrence. Estava cansado do mistério que tentara imputar às praças públicas e jardins. Da atmosfera em que tentara envolver Peel Street e as mansões que tinham se tornado pensionatos. A cidade se recusara a repousar calmamente sob a gaze de melancolia que estendera sobre os edifícios. A cidade se reafirmara, indiferente.

Manteve-se bem quieto.

Nova York. Foi morar no alto da torre da moradia internacional de estudantes. A janela dava para o rio Hudson. Estava aliviado por não ser sua cidade e não ter que se lembrar de sua magnífica feiura. Andava pela rua que fosse sem precisar usar o nome dela em seus contos. Nova York já havia sido cantada. E por grandes vozes. Portanto sentiu-se livre para contemplar e experimentar à vontade. Todo mundo falava um pouco de inglês, sem ressentimento, ele podia conversar com as pessoas aonde quer que fosse. Vagava pelos mercados de manhã cedo. Perguntava o nome dos peixes, enrijecidos e prateados nas caixas com gelo. Participou de mais seminários.

Viu a pessoa mais bonita e a seguiu. Shell.

LIVRO TRÊS

UM

Seu nome do meio era Marshell, do lado da mãe, mas todo mundo a chamava de Shell.

Seus ancestrais haviam cruzado o oceano cedo o bastante para assegurar o ingresso de sua mãe nas fileiras das Filhas da Revolução Americana. A família produziu dois senadores discretos e uma série de excelentes comerciantes. Nos últimos 75 anos, todos os homens (exceto os completamente rudes) haviam estudado em Williams. Shell era a segunda mais nova de quatro filhos. O irmão mais velho foi um dos infelizes que não estudou em Williams. Para piorar a vergonha, fugiu com uma batista e deixou o pai numa felicidade amarga quando brigou com a esposa por causa da educação dos filhos.

Shell cresceu numa enorme casa branca nos arredores de Hartford, onde o bisavô materno havia fundado um banco bem-sucedido. Havia uma fonte de pedra no jardim, muitos acres de terra e um córrego que o pai enchera de trutas. Depois que o filho mais novo fez um casamento mais razoável e se mudou para Pittsburgh, Shell e a irmã ganharam dois cavalos. Construíram um estábulo que era uma miniatura da casa. O pai gostava de fazer miniaturas da casa. Em meio às árvores, havia um galinheiro, uma cabana de coelhos, uma casa de boneca e um viveiro de pássaros, tudo reproduzindo em escala menor a própria casa, que (conforme lembravam aos hóspedes de fim de semana) era para os humanos.

Os assuntos da casa eram conduzidos com todo ritual e decoro. A mãe e o pai, grandes leitores de história americana e colecionadores de móveis coloniais, tinham até certo orgulho de nunca terem sentido vontade de ir à Europa.

Na primavera, Shell era encarregada de cortar os talos das flores na fonte de pedra. Ela levava muito a sério o fato de ser uma menina. Achava a irmã muito rude, não era à toa que a mãe erguia a voz, ficava magoada quando contradizia seu marido. Não só acreditava em contos de fadas como tentara colocar ervilhas sob o colchão.

Odiava seus cabelos, que eram pretos, grossos e compridos. Depois do banho, não importava o que fizesse, chamavam-na de "zulu". Mas ela não o cortaria, talvez por pensar em tranças jogadas pela janela de uma torre. Não gostava de seu corpo. Não era um corpo de princesa, disso tinha certeza. Não havia crescido nos lugares certos. Invejava os seios da irmã, o cabelo castanho liso. Atacava o seu com uma escova e não parava de contar até completar pelo menos duzentas escovadas. Ficou admirada quando um namorado da irmã tentou beijá-la também.

"Por quê?", ela perguntou.

O menino não sabia por quê. Esperava ser aceito ou recusado, não questionado.

"Porque você é tão bonita..."

Havia dito aquilo como uma pergunta. Shell se virou e saiu correndo. A grama pareceu branca de repente, árvores brancas. Largou as flores que ia levar à fonte porque estavam brancas e sujas como ossos. Era uma aranha num campo de cinzas.

"*Primavera*", disse Breavman quando ouviu a história. "Não de Botticelli, mas de Giacometti."

"Você não me deixa guardar nada feio, não é?"

"Não."

Além disso, Breavman não podia resistir a acrescentar na memória a imagem de uma delicada menina americana correndo pelo bosque, atirando flores silvestres.

Shell adorava o amanhecer. Pediu para ficar com o quarto com a grande janela que dava para o leste, onde brincava quando criança. Deixaram-na até mesmo escolher o papel de parede. O sol se arrastava sobre o algodão da colcha. Era um milagre para ela.

Aparentemente a vida não era só Robert Frost e *As mulherzinhas*.

Certa manhã de domingo ela estava na cama da mãe. Ouviam um programa infantil. Flocos de neve, do tamanho de dentes-de-leão, pairavam em diagonal através das janelas dobradas. Os cabelos de Shell, amarrados com uma fita preta, caíam obedientes e lisos sobre o peito. A mãe fazia neles caracóis com os dedos.

No ar, uma criança cantava uma ária simplificada.

"O papai é tão bobo. Disse que vocês estão crescendo depressa e que a casa vai ficar grande demais."

"Ele nunca vai abandonar os peixes e o galinheiro."

Os dedos da mãe vinham distraidamente fazendo e desfazendo cachos, mas agora só o polegar e o indicador estavam em ação, com alguns poucos fios entre eles. O movimento era o mesmo de alguém que, pechinchando, experimenta o tecido da lapela, só que feito mais rítmica e demoradamente.

Sorria com leveza e olhava bem para Shell, mas Shell não conseguia olhar nos olhos dela. O movimento deixara o cabelo impessoal. Não se parecia com Shell. O cobertor se mexia. Com a outra mão a mãe fazia alguma coisa por baixo. No mesmo ritmo.

Há uma espécie de silêncio com que reagimos aos vícios, dependências, autoindulgência de pessoas próximas. Que não tem nada a ver com desaprovação. Shell deitava-se bem quieta, vendo a neve. Estava entre a neve e a mãe, desconectada tanto de uma quanto de outra.

O apresentador convidava a todos os meninos e meninas de casa para participar da caravana da próxima semana que visitaria as terras distantes da Grécia.

"Bem, estamos nos saindo duas preguiçosas hoje, não? Vai, senhorita Gostosura, levanta daí..."

Shell demorou para se arrumar. Achou a casa muito antiga, assombrada por fantasmas de velhas toalhas absorventes, meias frouxas, giletes usadas. Chegara à fraqueza adulta sem a crueldade de uma criança.

Quando o pai veio vermelho e contente de uma caminhada no bosque e beijou a mãe, ela observou bem de perto. Lamentava o fracasso do pai; era algo que ela via tão fortemente associado a ele quanto a paixão por miniaturas, o delicado interesse por bichos.

Não foi muito antes de a mãe começar a exercer o inalienável direito à menopausa. Começou a usar sempre um casaco de pele e óculos escuros dentro de casa. Fazia uma careta e depois reclamava que tinha sacrificado a carreira de concertista de piano. Quando perguntavam por que, recusava-se a responder e baixava a temperatura do termostato.

O marido levava as excentricidades da esposa como piada, mesmo que às vezes o ataque às filhas pequenas fosse cruel. Deixou que ela se tornasse o bebê da casa, beijando-a como sempre antes e depois de cada refeição.

Shell amava o pai pelo modo como tratava a mãe, achava que tinha sorte por ter crescido na atmosfera de um casamento afetuoso. A paciência dele, os beijos eram pequenas prestações de uma dívida que, ela sabia, ele jamais poderia quitar.

Uma consequência prejudicial desse interlúdio neurótico foi a rivalidade entre Shell e a irmã. A mãe delas acentuou e estimulou essa rivalidade com o infalível instinto que as pessoas que vivem sob o mesmo teto têm para as dores umas das outras.

"Nem lembro mais qual de vocês duas doeu mais", refletiu. "Ainda bem que não foram gêmeas."

O pai de Shell levava-a à escola de carro toda manhã. Fora ideia dele que as meninas não estudassem na mesma escola. Era uma parte maravilhosa do dia para os dois.

Ela olhava a floresta passando. Sabia como ele ficava feliz por ela ter herdado seu amor pelas árvores. Isso era mais importante do que o prazer que sentia, e foi o que a conduziu rumo à maturidade como mulher.

Ele dirigia com todo cuidado. Não queria nem mesmo virar a cabeça e olhá-la, pois levava uma carga muito preciosa. Mal podia acreditar que tinha algo a ver com ela, ela era tão adorável, e devia imaginar por que ela acreditava nas coisas que contava. Quando fez dezesseis, deu a ela um carro, um Austin usado.

A escola era uma extensão da casa. Havia muitas árvores e arbustos bem podados, muitas construções desgastadas pelo tempo, ou feitas para parecerem desgastadas pelo tempo. Ali havia uma impressionante concentração de velhas fortunas, de modo que ninguém pôde acusar a direção de ser pretensiosa quando construiu a nova moradia com uma fachada colonial americana.

O currículo não era idealizado para produzir artistas, revolucionárias ou ceramistas. Uma versão Wall Street da escolinha pintada de vermelho, treinava antes meninas para enfeitar a sociedade do que para questioná-la ou subvertê-la.

Shell era formal. Sentava na grama com um livro diante da biblioteca e cobria os joelhos com o vestido.

Digamos que o vestido era branco e o livro, um dos intermináveis diálogos de Ivy Compton-Burnett, e digamos que desta vez estivesse usando tranças no cabelo.

Se quisesse pensar em alguma coisa, deitava com cuidado o livro e inclinava-se sobre o braço; talvez com um dedo, absorta, virasse uma página.

Sabia que representava algo imortal, tinha certeza. Era a menina diante do edifício. Na flor da idade, o corpo de quinze anos, o cabelo ao vento ocasional eram instrumentos para o elogio do clima e das pedras antigas. Ela sabia disso, e assim imprimia compostura ao rosto.

Devia manter-se imóvel para que o homem mais velho e desconhecido que atravessava o outro lado do quadrilátero, se por acaso olhasse de relance para onde estivesse sentada, pudesse ver aquela coisa perfeita, tranquila, a menina diante da fachada preservada, a cena que o coração exigisse. Era responsabilidade dela. Portanto mantinha-se séria, e o mundo desabava na era do plástico.

Adorava a luz horizontal da tarde. Parecia sair diretamente dos arbustos, e, por alguns minutos preciosos, direto do chão.

Precisava encontrar um modo de ficar sentada nessa luz.

DOIS

Breavman estava furioso. Não queria mudar a cama de lugar. Queria se deitar, abraçá-la e dormir.

Viajaram o dia todo de carro. Não sabia onde estavam, provavelmente na Virgínia, e sequer conhecia o nome da pousada.

Sobre a madeira marrom, talvez o frouxo papel de parede com estampas circenses ocultasse insetos sinistros. Estava cansado demais para se importar. Nos últimos duzentos quilômetros, ela viera dormindo em seu ombro e ele se ressentia vagamente por aquela deserção da tortura da estrada por parte dela.

"Que importância tem onde a maldita cama vai ficar? A gente vai embora às oito da manhã."

"Eu mesma mudo."

"Shell, não seja boba."

"Assim a gente vai poder ver as árvores quando acordar amanhã."

"Não quero ver as árvores quando acordar. Quero olhar para o teto sujo e que caiam pedacinhos de gesso sujo no meu olho."

A grosseira cama de latão era pesada para ela. Gerações haviam dormido ali na mesma posição. Ele imaginou uma espuma de poeira ali embaixo. Com um suspiro apresentou-se para ajudar na outra ponta.

"Eu me ofereci para revezar na direção", ela disse para desculpar sua energia.

Mas ele não conseguiria deixá-la dirigindo, inerte ao lado dela, acelerando noite adentro. Se tinha que pegar estrada, encarar o neon dos motéis e os hambúrgueres absurdamente sedutores como as imagens indefinidas que sempre piscavam em sua mente, preferia ele mesmo encarregar-se do caos.

"Além do mais, existe algo de irreverente em mudar de lugar."

Então ela empurrou com força, os nós dos dedos ficando brancos na cabeceira de latão.

De repente ocorreu a Breavman que eram mãos de freira, alvas, avermelhadas pelos afazeres do convento; sempre haviam sido delicadas para ele. O corpo dela era assim. À primeira vista podia ser confundida com uma modelo da *Vogue*, alta, seios pequenos, angulosa e frágil. Mas então as coxas grossas e os ombros largos modificavam a impressão e, apaixonado, descobriu-se imerso numa grande maciez. As narinas eram dilatadas o bastante para destruir a primeira impressão de estranha harmonia e dar lugar ao desejo.

Sua graça incomum era constituída de algo bastante duradouro, disciplinado e atlético; o que muitas vezes é o que acontece com mulheres que não acreditam na própria beleza.

Sim, Breavman pensou, ela teria mudado a cama de lugar com ou sem a minha ajuda. Era uma Carrie Nation dos Quartos Baratos do Mal e eu sou o bêbado seboso que contemplo minha pilha de suvenires das cataratas do Niágara. Ela aprendera a manejar o machado havia trezentos anos, carpindo uma Nova Inglaterra para a lavoura.

Agora a cama estava embaixo da janela. Ele se recostou e a chamou com as duas mãos abertas. Abraçaram-se suavemente e com uma espécie de paciência, como se ambos aguardassem que os demônios surgidos no silêncio da longa viagem evaporassem.

Por fim ela se levantou, um pouco cedo demais, ele achou.

"Preciso arrumar a cama."

"Arrumar a cama? Esta cama está perfeitamente arrumada."

"O outro lado. Não vai dar para ver nada."

"Você está fazendo isso de propósito?"

Ele ficou surpreso com o ódio na própria voz. Nada havia evaporado.

Ela virou os olhos em sua direção, tentando se fazer entender. Preciso ler o que ela quer me dizer, como eu amo esses olhos, pensou num lampejo, mas ficou perplexo com a própria raiva. Ele olhou sua bagagem, para ameaçá-la

"Lawrence, estamos aqui. Este é o nosso quarto para passar a noite. Só me dê cinco minutos."

Ela trabalhou rápido, uma espécie de dança da colheita de um lado para o outro, e os lençóis voaram como se fizessem parte do vestido. Ele sabia que só ela era capaz de transformar uma tarefa em ritual.

Afofou os travesseiros onde as cabeças repousariam. Tirou um dos cobertores e pendurou-o sobre uma poltrona horrorosa, enfiando sob o assento e dobrando-o até mudar sua forma. No armário armou uma mesinha com toalha, vaso e uma caixa em formato de pássaro, um porta-cigarros mágico quebrado, que soltava cigarros pelo bico. Abriu a cesta de vime que ele lhe dera e retirou os livros que haviam trazido, dispondo-os de qualquer jeito na grande mesa ao lado da porta.

"Como você vai fazer com a pia? Está com umas rachaduras na porcelana. Por que não tira algumas tábuas do assoalho e esconde a pia embaixo do tapete?"

"Se você me ajudar."

Queria era arrancar a pia da parede e fazê-la desaparecer num passe de mágica, sumir como um cigarro, dá-la de presente para Shell. E também gostaria de desaparafusá-la da base suja e sacudi-la como uma queixada, demolindo completamente o quarto que Shell havia começado a destruir.

Shell retirou o conjunto de barbear e seu estojo secreto de maquiagem que tinha cheiro de limão. Abriu a janela com uma pontada de triunfo, e Breavman pôde ouvir o movimento das folhas na noite de primavera.

Ela havia transformado o quarto. Agora podiam se deitar. Era deles, bom o bastante para amar e conversar. Não se tratava de arrumar o quarto como um palco onde pudessem dormir de mãos dadas, mas de deixá-lo à altura do que ela achava que o amor deles dois pedia. Breavman sabia que não era o que teria feito. Queria mesmo era ter sido capaz de honrar a habilidade dela em construir um lar e odiava a vontade que sentia de machucá-la por isso.

Será que ela não via que ele não queria incomodar nem um cinzeiro, nem sequer afastar uma cortina?

Só uma pequena lâmpada estava acesa. De pé, em meio à sombra, despiu-se e entrou rapidamente debaixo das cobertas, puxando-as até o queixo.

Ficou um quarto melhor para ela, pensou Breavman. Qualquer outra pessoa agradeceria. Ela merecia um colchão de penas de ganso com os lençóis bem esticados. Coisa que não posso dar porque não quero que o castelo a encubra, com meu timbre entalhado sobre a lareira.

"Vem."

"Quer que leve a lâmpada?"

"Quero."

"Agora sim é o mesmo quarto para nós dois."

Deitou-se tomando o cuidado de não evitar tocá-la. Sabia que estava com um humor que precisava ser combatido. Como quem tem enxaqueca crônica, que desconfia do massagista que sempre consegue curá-lo, deitou-se rígido ao lado dela.

Shell já tinha visto o corpo dele daquele jeito. Às vezes desaparecia por dois ou três dias e quando voltava o corpo dele estava assim, uma carapaça, distante.

Às vezes um poema o levava para longe dela, mas ela aprendera a abordá-lo, equipada do que ele havia ensinado sobre seu corpo e sua beleza.

Era uma recusa a estar onde estava, a aceitar as paredes, o relógio, o número na porta que conhecia, o familiar e limitado ser humano na familiar e limitada cadeira.

"Acho que você até preferiria se estivesse ainda mais sujo", disse delicadamente. "Umas baratas na pia."

"Elas não aparecem com a luz acesa."

"E quando se apaga a luz também não dá para ver."

"Mas e entre uma coisa e outra?", disse Breavman cada vez mais interessado. "Você chega à noite em casa e acende a luz da cozinha, e a pia está toda preta de tanta barata. Elas desaparecem em questão de segundos, não dá para ver direito onde entram, e deixam a louça tão branca como nunca imaginou que o branco poderia ser."

"Como aquele haicai sobre os morangos no prato branco."

"Mais branco. E sem música."

"Do jeito que você fala parece que a gente veio da favela."

"A gente veio, mas não me peça para explicar ou vai parecer uma conversa fiada de um burguês dos mais privilegiados."

"Entendi o que quer dizer e sei muito bem que acha que eu não teria como entender."

Ela chegaria nele, tinha certeza. Tiraria as cobertas para que começasse a fazer amor com ela.

"A mansão é tão parte da favela quanto a sua pia horrorosa. Você quer viver num mundo onde a luz acabou de ser acesa e tudo acabou de saltar do escuro. Tudo bem, Lawrence, pode até ser corajoso, mas você não consegue viver lá o tempo todo. Quero criar o lugar para onde você volta e descansa."

"Você presta um grande serviço ao dignificar um menino mimado."

Não era só que as coisas entravam em decadência, que as obras dos homens eram efêmeras, achava que via mais fundo do que isso. As próprias coisas eram decadência, as próprias obras eram uma corrupção, os momentos eram feitos de vermes. Talvez ela fosse sua camarada nessa visão, no conhecimento da própria estranheza.

"Você não quis mexer em nada desde que entramos aqui. Só quis liberar um cantinho para dormir."

"Para fazer amor", corrigiu Breavman.

"E ficou com raiva de mim por eu ter feito a cama de novo e puxado para um lugar onde desse para olhar as árvores e por ter tirado aquela mesa velha e feiosa da nossa frente porque significa que a gente é simplesmente incapaz de suportar a sujeira, foi preciso dar um basta naquilo."

"Certo."

Ele pegou a mão dela.

"E você realmente me odiou porque o obriguei a isso, e estaria livre se estivesse sozinho, a poucas horas para o dia amanhecer e com o carro estacionado do lado de fora..."

Meu Deus, pensou ao se virar e fazê-la fechar os olhos com tudo o que se lembrava dela, ela sabe tudo.

TRÊS

A senhorita McTavish era uma mulher alta, masculinizada, formada em Bryn Mawr na turma de 1921, que acreditava secretamente ser a única pessoa na América que de fato entendia a poesia de Gerard Manley Hopkins.

Achava ainda que o mundo acadêmico não era digno do verdadeiro Hopkins e portanto relutava em discutir suas teorias. A mesma superioridade que a afastara das universidades. Não queria participar de uma conspiração contra a Vida e a Arte tramada por eruditos ingleses.

Essa mesma superioridade somada a um nariz grotesco a afastara do casamento. Sabia que um homem suficientemente intenso, selvagem e disposto a comungar com ela estaria indisponível para a vida doméstica, provavelmente seria já um devoto da vida monástica ou do alpinismo.

Reservava toda a paixão para os poemas que lia na sala de aula. Até os alunos mais cínicos sabiam que alguma coisa muito importante acontecia naqueles momentos em que ela parecia se esquecer da maioria deles. Shell escutava como uma discípula, sabendo que os poemas tornavam-se ainda mais bonitos porque a senhorita McTavish tinha aquele nariz engraçado.

A senhorita McTavish gostava de pensar na biblioteca neogótica como a própria casa. A caminho do fichário pairava sobre as cabeças inclinadas como uma anfitriã presidindo um banquete.

Uma noite, de pé sob os altos vitrais, contou a Shell algo muito esquisito. Não dava para ver as imagens de vidro, só as linhas de chumbo entre elas. Se o mogno pudesse ser translúcido e fosse usado como filtro, seria a cor da luz na imensa sala silenciosa. Era inverno e Shell teve a impressão de que nevava, ela não tinha certeza, uma vez que não pisara mais lá fora desde o fim da tarde.

"Estive observando você, Shell. É a única aristocrata que conheci na vida." Então engasgou. "Estou apaixonada por você, queria ser como você, é tudo o que sempre quis."

Shell estendeu a mão como se tivesse acabado de ver alguém ser ferido na sua frente. A senhorita McTavish se recuperou momentaneamente da própria exposição e pegou a mão estendida de Shell, e apertou-a formalmente, como se tivessem acabado de ser apresentadas. Fizeram reverências discretas, diversas vezes, e quem visse pensaria que estavam prestes a começar um minueto. Essa imagem ocorreu às duas e riram aliviadas.

Nevava. Sem dizer nada concordaram em sair para uma caminhada. Os pinheiros atrás da praça estavam negros, indistintos, e estreitos como as janelas da biblioteca, prateleiras de neve nos galhos separavam-nas da noite em fileiras perpendiculares de esqueletos de peixe.

Shell se sentiu num museu de ossos. Não tinha a menor noção de onde estava ali fora, mas se imaginou numa sinistra extensão da biblioteca. E já recorria a toda a compaixão de que sabia que iria precisar.

A senhorita McTavish assoviou um trecho de um quarteto.

O quarteto terminou num suspiro.

"Nunca fiz isso antes."

Shell ficou ali parada enquanto era beijada na boca, sentindo o cheiro másculo de álcool no hálito da professora. Tentou pensar além do presente, alcançando a floresta real por onde passava de carro com o pai, mas não conseguiu.

"Rá-rá-rá", gritou a senhorita McTavish, jogando-se de costas na neve. "Sou corajosa. Sou muito corajosa."

Shell acreditou nela. Era uma mulher atirada na neve, humilhando-se. Devia ser corajosa, como freiras com chicotes são corajosas, e marujos bêbados numa tempestade. Pessoas desoladas caminhando, mendigos, santos chamam por aqueles que deixaram para trás, e esses chamados são mais nobres do que os gritos de vitória dos generais. Aprendera isso nos livros e em casa.

Não muito longe dali havia uma estrada vicinal. Os faróis de um carro infiltraram-se pelo bosque, desapareceram, e deixaram a mulher e a menina com um senso renovado do mundo ali fora, regulador, que Shell sabia ser orquestrado contra o extraordinário.

A senhorita McTavish conseguira se cobrir quase inteiramente de neve. Shell ajudou-a a sair dali. Encararam-se como na biblioteca. Shell sabia que a professora preferiria estar lá dentro agora, que não tivesse acontecido nem beijo, nem declaração.

"Você já é grande o bastante para eu não precisar dizer nada."

Breavman ficou surpreso ao saber que Shell ainda se correspondia com ela.

"Uma ou duas cartas por ano", disse Shell.

"Por quê?"

"Passei o resto do tempo da escola tentando convencê-la de que não havia se rebaixado no meu conceito e que ainda era minha adorada professora de inglês de sempre."

"Conheço bem esse tipo de tirania."

"Posso mandar o seu livro para ela?"

"Se a sua ideia de caridade é entediar uma especialista em Hopkins."

"Não é por ela."

"Vai quitar a sua dívida..."

"Isso mesmo."

"... ao se tornar o que ela queria que você fosse."

"De certo modo. Tenho uma carta na manga."

"Hmmmmm."

Ele não se convenceu.

QUATRO

Aos dezenove Shell se casou com Gordon Ritchie Sims. Conforme especificava o anúncio no *New York Times*, ele era formando de Amherst e ela era caloura do Smith College.

O padrinho era o colega de quarto de Gordon, um devoto anglicano cuja família de banqueiros era de origem judaica. Também estava um tanto apaixonado por Shell e sonhava com uma esposa como ela para garantir e cimentar sua assimilação.

Gordon queria ser escritor e boa parte de seus galanteios eram literários. Gostava das cartas intermináveis que lhe enviava de Amherst. Toda noite, depois de uma quantidade considerável de trabalho em sua tese, preenchia as folhas personalizadas com promessas, amor e expectativas, uma paixão temperada pela imitação do estilo de Henry James.

Essa correspondência se tornou parte do coração de Shell. Ela escolhia cuidadosamente os locais para ler aqueles extensos comunicados, que eram muito mais excitantes do que os capítulos de um romance porque ali ela era o personagem principal.

Gordon prometia um mundo de honra e ordem e bons-tratos, e o retorno a um modo de vida mais simples, mais louvável, que os americanos um dia experimentaram, e que ele, por virtude de seu nome e amor, pretendia fazer renascer com ela.

Shell adorava a seriedade dele.

Nos finais de semana de futebol, ela ensaiava ficar quieta ao lado dele, permitindo-se os prazeres da dedicação responsável.

Ele era alto e branco. Os óculos de armação de chifre tornavam circunspecto um rosto que sem óculos teria sido meramente sonhador.

Nos bailes o comportamento tranquilo dos dois, bem como o declarado interesse por praticamente qualquer coisa, davam a impressão de que eram acompanhantes mais do que participantes da festa. Quase como se fossem dizer: "Gostamos de passar algum tempo com a juventude, é tão fácil perder o contato...".

Com ele, Shell passaria da impressionante beleza de uma potranca na adolescência diretamente para aquele tipo de graciosa senilidade das rainhas-mães ou viúvas de presidentes americanos.

Anunciaram o noivado no verão, após uma sessão de masturbação mútua na varanda telada da casa dos Sims em Lake George.

Casaram-se e imediatamente depois da formatura ele ingressou no serviço militar. Ocorreu-lhe enquanto o levava à estação de trem que ele nunca a tinha visto completamente nua, havia lugares onde ele nunca sequer tocara. Tentou conceber o fato como um elogio.

Não viu muito o marido nos dois anos seguintes, um ou outro fim de semana, e em geral estava exausto. Mas as cartas chegavam regularmente, incansáveis, para não dizer perturbadoras. Pareciam ameaçar a serenidade da viuvez temporária que ela vinha assumindo de bom grado.

Adorava as próprias roupas, que eram escuras e simples. Gostava das longas e frequentes visitas da família dele e da sua. Sentia que havia encontrado um lugar no mundo: seu amante era um soldado.

Quase preferia não ter aberto os envelopes. Intactos, grossos, na penteadeira, eram parte do espelho onde escovava o cabelo comprido, parte da austera e gasta mobília colonial que começavam a colecionar.

Abertos, não eram o que prometiam. Tornavam-se convites complexos ao amor físico, cheios de artifícios, cremes gelados, batons, espelhos, plumas, jogos cujo botão se encontra nas partes íntimas.

Mas naqueles fins de semana em que conseguia voltar para o pequeno apartamento deles, estava sempre muito cansado para fazer qualquer coisa senão dormir e conversar e ir com ela a pequenos restaurantes.

Nem tocavam no assunto das cartas.

CINCO

Shell pensava estar com câncer nos seios.

O médico disse que ela podia vestir a blusa.

"Você é uma mulher saudável. E adorável." Ele se permitia comentar, pois era velho o bastante para dizê-lo.

"Estou me sentindo uma idiota. Não sei mais aonde foram parar os caroços."

Enquanto isso, de volta à fábrica de poemas de Montreal, Breavman está fazendo residência para se tornar o Médico Perfeito dela.

SEIS

Quando Gordon terminou o serviço militar, resolveram se mudar para Nova York e escolheram um caríssimo apartamento em Perry Street, no Village. Ele arranjara um emprego na *Newsweek*, escrevendo sobre livros, e vendia algumas matérias para o *Saturday Review*. Shell era a versão feminina de Sexta-Feira para uma das editoras da *Harper's Bazaar*. Sentiu certo prazer ao recusar vários convites para ser modelo.

Segundo os amigos do casal, o apartamento deles era uma graça. Havia um grande relógio sem ponteiros de madeira entalhada e com rosas pintadas. Uma pesada cristaleira de canto com várias portas quadradas de vidro onde guardavam bebidas e copos altos. Tinham trabalhado duro para remover a tinta e deixá-la manchada.

Uma criança de roupas austeras contra um fundo preto, pintada por um rematado retratista, pendia sobre uma mesa e garantia a dignidade dos frequentes jantares festivos para os mais íntimos.

Eram todos bons garotos, comendo o creme fresco dos coquetéis de camarão, prestes a assumir o controle dos bancos, dos jornais, do Departamento de Estado, do Mundo Livre em suma.

Numa dessas ocasiões, Roger, ex-colega de quarto de Gordon, conseguiu trocar algumas palavras em particular com Shell. Vinha embalado por seis conhaques.

"Se nada der certo" – o gesto da mão abarcando o triunfo acumulado das lojas de antiguidades – "venha para mim, Shell."

"Por quê?"

"Eu te amo."

"Sei que você me ama, Roger." Ela sorriu. "E o Gordon e eu amamos você. Quer dizer, por que as coisas não dariam certo?"

Shell segurava uma bandeja de prata vazia e ele podia ver o rosto dela refletido entre as migalhas.

"Não te amo como amigo, não te amo ao estilo valsa da despedida. Não te amo ao estilo queridinha da fraternidade." Falou com certo humor; e então disse sério: "Quero você".

"Eu sei."

"Claro que sabe."

"Não", ela disse, feliz por estar segurando a bandeja. "Nada de melhores amigos."

"Você não vai ser feliz."

"Como?"

Havia algo errado com o terno dele, as calças não lhe caíam bem, ia matar seu alfaiate, a cozinha era pequena demais, ele não estava elegante.

"Ele não toca em você."

"Você não sabe do que está falando."
"Ele me contou."
"O quê?"
"Já era assim na escola. Ele não consegue."
"Por quê? Diga por quê?"
Agora o mais importante era a informação. Aparentemente, Roger achava que ela iria beijá-lo em troca, acostumado que estava ao comércio. Acabou com o nariz achatado pela bandeja de prata.
"Ele não consegue, só isso. Não consegue. Nunca conseguiu. Vocês são uma piada", acrescentou, falando do alto de sua experiência.

SETE

Como alguém pode levar os arranha-céus a sério? Era o que Breavman se perguntava. E se durassem dez mil anos, e se o mundo inteiro falasse como os americanos? Onde estaria o conforto hoje em dia? E a cada dia a herança paterna crescia cada vez mais pesada – história, tijolos, monumentos, nomes de ruas – o amanhã já estava condenado!

Onde estava o conforto? Onde estava a guerra para fazer dele ali mesmo um herói? Onde estava sua legião? Conhecera pessoas com números marcados a fogo nos pulsos, algumas delas arruinadas, algumas astutas e muito caladas. Onde estava seu sacrifício?

Comer porcaria, juntar-se aos inimigos da polícia, ser voluntário do crime? Consertar a América com violência? Sofrer no Village? Mas os campos de concentração eram imensos, impensáveis. Pareciam cair sobre os homens de uma grande altura. E a América era tão pequena, feita pelo homem.

No quarto da moradia estudantil, Breavman apoia os cotovelos na janela e observa o sol atear fogo no Hudson. Já não é o rio de lixo, depósito de preservativos, excrementos, venenos industriais, rota de linhas de pesadas embarcações.

Será que alguma coisa poderia fazer aquilo com o corpo dele?

Deve haver algo escrito na água brilhante. Uma declaração juramentada de Deus. Um mapa astral detalhado. O endereço da esposa perfeita. Uma mensagem escolhendo-o para a glória ou o martírio.

Seu quarto fica na torre, ao lado do elevador, e ele escuta o pesado mecanismo de cabos e contrapesos. O mecanismo de sua mão bombeando é tão pesado quanto. O brilho do Hudson afinal é monótono. Há uma pomba na tumba do general Grant. Está frio com a janela aberta.

OITO

Gordon e Shell conversaram. Gordon agradeceu pela conversa, pois mais uma vez foi um tratamento literário do problema. E, ao rotularem os corpos ausentes como um problema, definindo os limites do empecilho, conseguiram remendar a união por mais algum tempo.

Como Gordon havia colocado, tinham uma casa boa e firme, por que demolir tudo só porque não podiam entrar em um dos cômodos? Eram pessoas inteligentes que se amavam; certamente encontrariam uma chave. E enquanto trabalhassem de um jeito sadio por uma solução não podiam esquecer os compromissos dos outros cômodos.

E assim a existência ordenada continuou, na verdade até floresceu. Shell mudou de costureira, Gordon deslocou suas ideias políticas mais para a direita. Compraram um pedaço de terra em Connecticut que tinha um curral de ovelhas que pretendiam preservar. Consultaram arquitetos.

Shell sentia um afeto genuíno por ele. Precisava recorrer a essa expressão ao avaliar seus sentimentos. Isso a deixava mal, pois não queria dedicar a vida a um afeto genuíno. Não era o tipo de tranquilidade que queria. A elegância de um casal dançando era notável apenas porque a graça advinha de um doce conflito carnal. Do contrário seria um teatro de bonecos, algo hediondo. Começou a conceber a paz como consequência da desgraça.

Agora parecia que estava tão cansada quanto ele. Os jantares tornaram-se sacrifícios a serem encarados. A casa era um grande projeto. Tinham que ir ao campo a cada quinze dias e o trânsito para sair da cidade era insuportável. E era melhor comprar agora porque no ano que vem os preços aumentarão ainda mais. Guardavam as peças grandes num depósito, mas o apartamento já estava abarrotado de formas de biscoito, formas de velas, escabelos de sapateiro, baldes de madeira e uma roca frágil demais para ser deixada longe do alcance da vista.

Shell acabou acreditando, nos termos da metáfora de Gordon, que já viviam numa ruína e que a porta trancada era a única entrada para a sanidade e o descanso. Mas Gordon tivera um grande trabalho para embalar ordenadamente o problema, não tanto para analisá-lo, mas para lançá-lo ao mar. Não era um desses tipos cabeludos e apaixonados, não era sua natureza, quase chegava a acreditar, exceto pelo fato de que, como todos nós, ele sonhava. Nos sonhos aprendia-se a verdade de que todas as boas obras são feitas na ausência de um carinho.

A mulher observa nervosamente o próprio corpo, como se fosse um aliado pouco confiável na luta por amor. Shell se olhava no espelho, que tinha uma moldura do século XVIII.

Ela era feia. Seu corpo a traíra. Os seios eram dois ovos fritos. Não importava o que sabia sobre Gordon, o tamanho da responsabilidade dele pelo fracasso. Era o fardo de carne e osso e pelos que ela não comandava perfeitamente. Ela era a mulher, a flor do mal, como ele podia ser culpado?

Olha só o tamanho dessas coxas, espalhavam-se assustadoramente quando ela sentava. Gordon era alto, magro, branco, as pernas dela deviam ser mais pesadas do que as dele. A cicatriz da cirurgia de apendicite era um corte fundo e pavoroso que arruinava o ventre. Maldito médico açougueiro. E Gordon deveria ser perdoado por não chegar perto de uma ferida seca.

Seus olhos fecharam de desejo, não por Gordon, não por um príncipe, mas por um homem humano que a devolveria ao envoltório de sua pele e sentaria ao lado dela na luz da tarde.

As amigas também tinham seus problemas. Uma brindou com o sétimo martíni o extinto macho americano. Shell não ergueu o copo; além do mais, não gostava de festinhas de mulheres. A anfitriã lamentou a morte dos camponeses americanos, dos caçadores, e pranteou os taxistas confiáveis, cavalariços, leiteiros perdidos, para dar lugar aos ocidentais analíticos e dotados de psicologia. Shell não se comovia com o fracasso masculino generalizado.

O que faziam as costureiras? Por que todos aqueles membros massageados estavam cobertos de tecidos caros? Massagem não é carinho. Os penteados intrincados, as mangas arregaçadas para mostrar o braço, os olhos de criança contornados a lápis, para quê? Para o deleite de quem? Corpos mortos sob o veludo. Cômodos bem equipados, antigos padrões no papel de parede, móveis de bom gosto, opulência vitoriana restaurada, tudo para conter o quê? Tinham errado desde o princípio. A cópula não havia ocorrido. Tudo devia ter começado com os corpos entrelaçados.

A banheira ficou cheia. Ela colocou o corpo lá dentro, agachando-se até apoiar os joelhos, então, afastando as mãos sobre a superfície da água, como se faz junto a um aquecedor num quarto frio, escorregou para trás, até molhar o cabelo, entregando-se completamente ao calor e ao aroma limpo e delicioso do sabonete de limão.

NOVE

A multidão subia depressa os degraus de pedra. Talvez quando chegassem ao nível da rua suas vidas estivessem transformadas, as ruas de ouro, casas e famílias diferentes esperando.

Dois homens vinham mais depressa do que a multidão, e a multidão os deixou passar. A vida deles não estava fora do túnel.

Breavman subia em outra velocidade, analisando o grafite, imaginando qual secretária poderia desviar da rotina burocrática da tarde. Não tinha aonde ir. Havia abandonado as aulas que costumava assistir àquela hora desde que o famoso professor concordara em deixá-lo redigir o trabalho final sobre o próprio livro.

"Ei, não!"

Pelo menos soou como se fosse isso. Breavman parou, mas a ordem não era para ele.

"Ei, irmão!"

Ele bem que gostaria de entender a língua que falavam. Por que pensou que havia entendido as palavras? Os dois homens brigavam na escada, espremendo Breavman contra a parede. Com dificuldade, conseguiu tirar o pé dali, como alguém saindo da areia movediça.

Levou dois segundos. Agarraram-se com força. Ouviu-se um grunhido oco, Breavman não tinha certeza de qual dos dois. Então um deles ficou de pé e saiu correndo. A cabeça do outro pendeu sobre o degrau com menos tônus do que uma cabeça deveria pender. A garganta estava cortada de lado a lado, profundamente.

Diversas vozes berraram pela polícia. Um homem que parecia ser médico ajoelhou-se ao lado do corpo, que já se esvaía em sangue, balançou filosoficamente a cabeça para indicar que estava acostumado àquele tipo de coisa, então se aprumou e foi embora. A atenção dele acalmara a multidão, que agora atravancava a passagem, mas depois que ele desapareceu voltaram a berrar chamando a polícia.

Breavman achou que devia fazer alguma coisa. Tirou o paletó com a intenção de cobrir a vítima, não o rosto, talvez os ombros. Mas para quê? Estava fazendo aquilo para chocar. O choque da garganta degolada era passado. O homem sangrava suavemente nos degraus da antiga companhia de metrô na esquina da 14th Street com a 7th Avenue. Exatamente à uma da tarde. Um pobre coitado de um matador urbano. A gravata branca com nó elegante. Os sapatos marrons e brancos pontudos e recém-engraxados.

Breavman dobrou o paletó no braço. Aquilo poderia implicá-lo. A polícia iria querer saber por que colocara o paletó sobre o cadáver. Um paletó ensanguentado não era uma boa ideia de suvenir. Sirenes vieram da rua. A multidão começou a dispersar e Breavman foi junto.

A alguns quarteirões dali, Breavman refletiu que dois anos antes teria deixado o paletó. Uma pequena morte, como descobrir que uma velha cueca já não serve ou que já não temos força para bater com o martelo e fazer tocar a campainha lá no alto.

Por que não estava pensando no homem?

Dois anos antes teria deixado o paletó, feito o gesto, entrado em conexão com o acidente. Será que o ritual estava se dissolvendo? Estaria se afastando da morbidez?

Uma visão da juventude nazista se apresentou. Fileiras e mais fileiras de cabeças douradas arquivando o soldado assassinado. Baixavam as bandeiras da companhia sobre a ferida e faziam um juramento. Breavman engoliu bile.

Uma pergunta subterrânea persistia. Quem era aquele homem? Por vezes a pergunta era obscurecida por Onde ele havia comprado aqueles sapatos? e Em qual esquina ele os engraxara? Quem era aquele homem? Seria o homem que dormia no metrô às três da manhã com um terno novo em folha e a bainha da calça sobre a parte branca dos sapatos? Será que as garotas gostavam de seu tônico capilar azul? De que quarto pobre tinha saído, brilhando feito a Nossa Senhora de plástico na penteadeira? Quem era aquele homem? Estaria subindo a escada? Por que a briga, onde estava a garota, de quanto se tratava?

E a faca, em que água sobre qual ponte na neblina? Barry Fitzgerald e o novato da polícia queriam saber tudo.[*]

Por que não estava pensando no homem?

Breavman apoiou-se numa lixeira e vomitou. Um garçom chinês saiu do restaurante.

"Vomita na rua. As pessoas comem aqui."

Vomitar lava a alma, pensou ao sair andando. Caminhava com todo o corpo, que agora estava leve, desenvolto numa esperança atlética. Você está cheio de veneno, fermentando em cada quisto, cada buraco e cada glândula das suas entranhas, você está um verdadeiro pântano, e então o milagre da náusea, shluf! E você está vazio, livre, começando outra vez uma nova segunda chance, obrigado, obrigado.

Os edifícios, portarias, fendas na calçada e árvores da cidade reluziam brilhantes e definidos. Ele estava onde estava, inteiro, ao lado de uma lavanderia, louco com o cheiro de roupas limpas embaladas em papel pardo. Não estava mais em nenhum outro lugar. Na vitrine havia um busto antigo de um homem com uma camisa de gesso descascado e uma gravata pintada. Não se lembrou de nada ao olhar para o busto. Sentia-se loucamente feliz por estar onde estava. Limpo e vazio, tinha um lugar de onde começar, ali em particular. Podia escolher ir para qualquer lugar, mas não precisava pensar sobre isso porque ali estava ele e cada respiração em liberdade era um começo. Por um segundo viveu numa cidade real, com prefeito e lixeiros e registros estatísticos. Durou um segundo.

Vomitar lava a alma. Breavman se lembrou de como se sentira. Papelaria Fry, comprando material escolar. Dez anos de idade. O ano escolar inteiro se comprimia como um dragão a ser domado por afiados lápis Eagle. Borrachas novas, fileiras de borrachas, clamando pelo sacrifício em nome da pureza e das estrelinhas da nota por Asseio. As pilhas de cadernos incrivelmente vazios de erros, mais perfeitos do que a nota Perfeito exprimia. Compassos intactos,

* Alusão ao filme de Jules Dassin, *Cidade Nua* (1948). [N.T.]

letais, contendo milhões de círculos, afiados e sólidos demais para a caixa de papelão onde eram guardados. Tinteiros adultos, triunfos em preto, erros erradicáveis. Bolsas de couro para a trilha atenta de casa até a classe, liberando os braços para as bolas de neve e ataques de castanhas. Clipes de papel surpreendentemente pesados em sua caixinha, réguas com marcações tão complicadas e importantes quanto o painel de um submarino Spitfire, etiquetas debruadas em vermelho para colar seu nome em qualquer coisa. Tudo eram ferramentas benignas, sem uso. Nada ainda cúmplice do fracasso. A papelaria Fry tinha um cheiro de novo ainda mais novo do que um jornal trazido para dentro de casa no inverno depois de atirado na varanda. E ele comandava todos esses tenentes cintilantes.

Vomitar lava a alma mas os sucos indesejáveis refluem depressa. Nova York se perdeu na cidade particular de Breavman. Crescia gaze sobre tudo e como de costume precisava imaginar a verdadeira forma das coisas. Já não se sentia leve e olímpico. O busto de gesso pintado lembrou-lhe as estatuetas religiosas numa vitrine há alguns quarteirões para trás. Eram chamativas, plásticas, luminosas, um tanto excessivas. O busto era velho, sujo, de um branco da cor de meias terapêuticas manchadas. Tentou cuspir o gosto da boca. A camisa de gesso, o céu, a calçada, tudo tinha cor de muco. Quem era aquele homem? Por que não conhecia o folclore de Nova York? Por que não se lembrava do artigo sobre as árvores especificamente urbanas, duras, que suportavam o ar poluído?

Pegou o metrô errado na 7th Avenue. Quando chegou à rua percebeu que todo mundo era negro. Era muito complicado sair do Harlem. Parou um táxi para levá-lo de volta ao outro lado da cidade. Na moradia internacional dos estudantes, o ascensorista porto-riquenho levou o elevador que rangia até o décimo primeiro andar. Breavman quis entender a letra da música que cantava. Resolveu que diria *gracias* ao sair.

"Cuidado com o degrau."

"Obrigado", disse Breavman num inglês perfeito.

Sabia que odiaria o quarto antes de abrir a porta. Estava exatamente igual a quando saíra. Quem era aquele homem? Não quis olhar pela janela e ver onde jaziam o senhor e a senhora Grant, ou o arcanjo Gabriel no topo da igreja Riverside, ou o Hudson brilhante, alheio e entediante.

Sentou na cama, segurando com força a chave na mão direita, na mesma posição de quando a girara na fechadura, mordendo a parte interna das bochechas com os molares. Ele não estava exatamente olhando para a cadeira, mas a cadeira era a única imagem que havia em sua mente. Não mexeu um músculo por 45 minutos. Nesse ponto ocorreu-lhe numa onda de terror que se não fizesse um grande esforço para se levantar ficaria ali sentado para sempre. A faxineira o encontraria ali congelado.

Lá embaixo na cantina o apressado e diligente funcionário chamou-o de volta para pegar o troco.

"É para mim, professor?"

"Não, Sam, vou precisar."

"Meu nome é Eddy, professor."

"Eddy? Muito prazer, Sam."

Estou enlouquecendo, pensou Breavman. Foi se sentar com os olhos marejados de felicidade por aquela troca trivial. Escolheu uma mesa pequena, deixou as mãos cruzadas sobre a xícara de chá, aproveitando o calor. Foi quando viu Shell pela primeira vez.

Uma sorte fantástica, ela estava sozinha, mas, não, vinha vindo um homem sentar na mesa dela, equilibrando uma xícara em cada mão. Shell se levantou para ajudá-lo. Seios pequenos, adorei as roupas dela, tomara que não esteja indo a parte alguma, rezou Breavman. Espero que se mantenha sentada ali a noite inteira. Reparou que à sua volta, na cantina, todos a olhavam.

Apertou com o polegar e o indicador os cantos dos olhos, cotovelo na mesa – num gesto que sempre achara forçado. O coronel durante a guerra assinando a ordem que manda os rapazes, seus rapazes, numa missão suicida, e então aparece consternado com a lista de baixas, e todas as secretárias já foram embora, ele está sozinho com os mapas alfinetados, e aqui talvez uma montagem com os rapazes durante o treinamento, closes dos rostos jovens.

Agora ele tinha certeza. Foi a primeira coisa em muito tempo que aprendera sobre si mesmo. Não queria comandar legiões. Não queria acenar de pé numa sacada de mármore. Não queria andar com Alexandre, ser um rei menino. Não queria esmagar a cidade com os punhos, liderar os judeus, ter visões, amar multidões, ter um sinal na testa, olhar em todos os espelhos, lagos, calotas, para ver o reflexo da marca. Por favor, não. Queria consolo. Queria ser consolado.

Tirou todos os guardanapos do copo, limpou o excesso de tinta da esferográfica com um deles e escreveu nove poemas, certo de que ela ficaria por ali enquanto escrevia. A caneta rasgou os guardanapos, e não conseguiu ler três quartos do que havia escrito; não que fosse bom, mas não tinha nada a ver com isso. Enfiou o resto das folhas no paletó e se levantou. Havia se armado de amuletos.

"Com licença", disse ao homem que estava com ela, sem desviar os olhos para ela uma única vez.

"Sim?"

"Com licença."

"Sim?"

Acho que vou dizer mais dez vezes a mesma coisa.

"Com licença."

"No que posso ajudar?" Mostrava já certa raiva. O sotaque não era americano.

"Eu poderia – eu gostaria de falar com a pessoa que está com você." O coração dele batia tão forte que poderia estar transmitindo um código, como o toque de tempo antes do noticiário.

O homem concedeu permissão virando a palma da mão aberta para cima.

"Você é bonita, eu acho."

"Obrigada."

Ela não disse isso, mas a boca formou a palavra quando olhou para as mãos compostas na beirada da mesa, como uma menina que acabou de sair da escola.

Então ele foi embora dali, feliz por estar numa cantina e a conta já estar paga. Não a conhecia, mas não tinha a menor dúvida de que daria um jeito de vê-la de novo e conhecê-la.

DEZ

Shell arranjou um amante no final do quinto ano de casamento. Foi logo após ter começado no novo emprego. Ela sabia o que estava fazendo.

Conversar com Gordon não tinha dado certo. Só queria saber de falar. Ela quis que fossem os dois procurar um psiquiatra.

"Menos, Shell." Sorriu paternal, como se ela fosse uma adolescente recitando o *Rubayat* com muita veemência.

"É sério. O seguro paga."

"Acho que não é necessário", minimizou ele, como quem diz que era a coisa mais ultrajante que já ouvira.

"Eu acho que é."

"Já li Simone de Beauvoir", disse ele com seu humor delicado. "Sei que o mundo não é bom com as mulheres."

"Estou falando de nós dois. Por favor, fale comigo. Não deixe a noite passar."

"Um segundo, querida." Sabia que naquele exato momento ela o desafiava para uma reunião solene. Suspeitava que seria a última vez que o enfrentaria daquele jeito. Sabia também que não havia nada dentro de si que pudesse ajudá-lo naquela conversa. "Realmente não acho que você possa caracterizar nossas vidas como uma catástrofe."

"Não quero caracterizar nada, quero..."

"Tivemos muita sorte, isso sim." A espécie de humildade que cultivava passou em revista o apartamento, o armário de vestidos de Shell, as plantas para o segundo andar da casa, que estavam abertas na escrivaninha, para onde ele estava louco para voltar.

"Quer que eu lhe agradeça?"

"Não é isso." Deixou clara a irritação ao usar uma entonação levemente britânica. "Vamos tentar entender o processo do casamento."

"Isso, por favor!"

"Não fique histérica comigo. Ora, vamos, Shell, vê se cresce. O casamento muda. Não posso ser sempre um apaixonado cheio de promessas..."

Coisa que nunca tinha sido. Mas de que adiantaria gritar? Ele havia construído essa ficção de uma tempestade inicial de loucuras carnais a partir da qual ambos teriam amadurecido. Acreditava nisso ou queria que ela acreditasse. Ela jamais o perdoaria por essa desonestidade.

"... isso que temos agora é extremamente valioso..."

De repente ela não queria mais saber de médicos, não queria mais salvar nada. Observou-o enquanto falava com aquela atenção terrivelmente minuciosa, capaz de fazer de uma companheira de cama uma completa estranha. Sentiu que falava com uma grande distância entre os dois. Ela era uma jovem repórter na plateia. Era tarde demais para discutirem a relação ou mesmo para a intimidade do silêncio. Ele sabia que ela fingia estar convencida, sentiu-se grato por essa dissimulação da parte dela. O que mais poderia fazer – chorar, atear fogo nas paredes? Ela estava num quarto com ele.

Mais tarde havia dito: "Bem, onde vamos colocar a divisória?", e tinham se debruçado sobre as plantas, brincando de casinha.

Breavman, de quando em quando, revê a cena. Shell lhe contaria um ano depois. Ele vê os dois inclinados sobre a escrivaninha envernizada, de costas para ele, e se vê no canto do quarto antigo, olhando para os incríveis cabelos dela, esperando que sentisse que ele a observava, que se virasse, se levantasse, viesse até ele, enquanto Gordon, com o lápis afiado, rabiscava no banheiro o ultraje de um quarto de brinquedos. Ela chega até ele, sussurram, ela olha para trás, eles saem. E em algumas versões ele diz: "Shell, aguente firme, construa a casa, seja feia". Mas torna-se egoísta em relação à beleza dela. Ela precisa vir para ele.

Quando ela resolveu sair do emprego, Gordon achou uma boa ideia. Ela ficou contente de voltar à atmosfera acadêmica. Era retomar um caminho, disse Gordon. Poderia restabelecer a compostura. Shell não aguentava nem mais um dia na *Harper's Bazaar*. Olhando aqueles corpos frios, roupas.

Uma amiga dela vinha trabalhando como voluntária durante algumas tardes por semana na moradia internacional de estudantes, promovia chás para alunos estrangeiros, pendurava enfeites, mostrava o lado mais belo da América para futuros ministros de repúblicas negras. Ela avisara Shell da vaga aberta no Departamento de Recreação. Como um amigo da família era diretor e doador da organização, sua candidatura e a entrevista foram meras formalidades. Mudou-se para um simpático escritório verde decorado com cartazes da Unesco, que dava para o Riverside Park, bastante semelhante à vista de Breavman, embora menos elevada.

Ela fez bem seu trabalho. O Programa de Palestrantes Convidados, o Programa de Jantares Dominicais, o Programa de Turismo, todos passaram a funcionar melhor do que nunca. Revelara-se uma especialista em organização. As pessoas prestavam atenção quando ela falava. Talvez o discurso de alguém tão adorável não precisasse fazer tanto sentido. Ninguém queria desapontá-la. O sucesso infundia-lhe terror. Talvez aquilo fosse o que queria fazer da vida, não amar, não viver junto. No entanto, gostava de trabalhar com estudantes, encontrar pessoas da sua idade que planejavam e começavam a carreira. Saiu a pé na atmosfera primaveril e se pegou fazendo planos.

Achava estranho como era amistosa sua relação com Gordon. A construção da casa era algo fascinante. Cada detalhe a interessava. Alugaram um caminhão para transladar os painéis de madeira de um velho hotel-fazenda que estava sendo demolido. Gordon pensara em fazer o escritório todo em carvalho. Shell sugeriu que usassem apenas uma parede inteira da sala de estar, deixando as outras três com tijolo à vista. Estava intrigada com as próprias preocupações.

Foi quando percebeu que se separava dele. Seu interesse por ele era como o que se tem por um primo criado junto e a quem não se espera mais rever por um longo tempo. Queremos saber todas as novidades sobre a família – por algum tempo apenas.

Ir para a cama com Med foi meramente uma assinatura numa justificativa de ausência que viera escrevendo por quase um ano.

Ele era professor-visitante do Líbano, um rapaz impressionantemente bonito, especialista em assuntos libaneses, que, em circunstâncias íntimas, admitiria para a companheira que a proximidade constante de "pequenas coisas desejáveis" era o que mais o atraía na vida acadêmica. Tinha quase um metro e noventa, era magro, de cabelos pretos cuidadosamente desgrenhados e todo penteado para trás, olhos negros e sempre semicerrados como se olhasse por sobre regiões arenosas em busca de proezas mais ousadas. Era um T. E. Lawrence beduíno com sotaque de Oxford e modos teatrais sofisticados. Sempre tão obviamente sedutor, tão absorvido pelo próprio charme e pela indiscutível beleza, tão dedicado à vocação, tão forçado que se tornava ao mesmo tempo delicioso.

Shell deixou que ele a cortejasse descaradamente por três semanas. Não estava no melhor de sua forma, pois realmente a achara bonita e isso interferira na perfeição de sua técnica.

Deu-lhe um broche filigranado em forma de cimitarra que contou ter pertencido à mãe, mas que ela não teria aceitado se não tivesse certeza de que ele viajava com um saco de broches idênticos. Aceitou uma camisola preta transparente como a de um anúncio da *Playboy*, do tipo que ele achava que toda garota americana devia cobiçar – ela adorou a ingenuidade dele.

Privada do doce elã sexual por tanto tempo, em verdade sem nunca ter chegado a experimentá-lo, virtuosamente defendeu o privilégio de se fazer de doente. E, porque ele era tão lindo, tão absurdo, nada que fizesse a seu lado poderia ser sério ou importante. O que ela sabia que iria acontecer não teria acontecido na verdade. Exceto pelo fato de que precisava da dinamite do adultério para explodir com sua vida, para destruir a casa que se erguia.

Sobre as coxas de quem levantava a camisola transparente?

Dava para ver os pelos através do tecido.

No espelho de um banheiro de um hotel da Broadway. Moldura de aço, cantos arredondados. De quem era aquele corpo?

Med reservara o quarto por uma semana. A semana crítica. Nunca havia gasto tanto dinheiro numa aventura.

O banheiro brilhava de tão limpo. Ela temera encontrar uma lâmpada nua na ponta de um fio pendurado no teto, rachaduras na porcelana, pelos num sabonete usado. *Esta é a Shell?*, perguntou-se inexpressivamente olhando a própria imagem, não porque quisesse saber, ou mesmo tocar no assunto, mas porque essa pergunta era a única forma que sua modéstia era capaz de assumir.

A princípio Med não conseguiu falar. Havia cometido um erro, para homens como ele o mais doloroso equívoco, que só ocorre uma ou duas vezes na vida e que despedaça o coração: talvez estivesse amando. O quarto estava na penumbra. Havia ajeitado a luz, ligado o rádio de pilha na estação de música clássica. Ela parecia criar o próprio silêncio, a própria sombra onde se postar. Não fazia parte do cenário dele.

"É a Quinta, não?", ele disse por fim.

"Não sei."

Ela sabia que sinfonia era. Respondera à pergunta diante do espelho.

"Acho que é. Tã, tã-tã-tã. Claro que é."

Quis que ele começasse logo.

Não sentia desejo. Isso lhe dava tanto prazer quanto dor. O desejo, ela guardaria como um tesouro para um amante. Med não era seu amante. O desejo teria tornado o que fazia algo importante, e aquilo não tinha importância, não podia ter importância. Uma arma, sim, mas não uma noite especial em seu coração. Não com aquele palhaço. Contudo, e era o que doía, ele era um homem e ela certamente ansiava por alguém que a abraçasse após tanto tempo. Sonhara com o amor, mordidas, entrega, mas tudo o que sentia agora era interesse. Interesse! Talvez Gordon fosse afinal seu par perfeito.

Med valeu-se de uma inspeção voyeurística do corpo dela para se excitar.

Ela ficou fascinada ao ver um homem arrebatado de desejo.

Oh, Shell, reclama Breavman ao saber do hotel, enquanto ela conta com a voz que usa quando precisa contar tudo a ele. Shell, saia voando. Junte as flores na fonte de pedra. Brigue com sua irmã. Não com o Bobo Especialista, num quarto como os quartos de Breavman. Não você, que usava vestidos brancos.

Quando Med se deitou ao lado dela, silenciosamente catalogando o que conquistara, Shell sucumbiu a um acesso de ódio e ranger de dentes. Não sabia a quem atribuir aquilo. Primeiro tentou Med. Ele era simples demais. Além disso, pela primeira vez desde que o conhecera, parecia triste de verdade, não teatralmente melancólico. Imaginou-o caminhando por um museu de formas femininas mortas. Distraidamente ela massageou-lhe a nuca. Tentou se odiar, mas só conseguiu odiar o próprio corpo ingênuo. Ela odiava Gordon! Estava ali por causa dele. Não, não era verdade. Mas ainda assim ela o odiava e essa verdade abriu-lhe os olhos, bem abertos no escuro.

Observou-se enquanto se vestia. Seu corpo parecia o de uma interessante gêmea alienígena, um tumor que não lhe pertencia, como uma verruga no dedo.

Breavman morde o lábio enquanto escuta.

"Não devia ter contado isso para você", Shell diz.

"Sim."

"Não era eu. Não era essa que você está abraçando agora."

"Era sim. É sim."

"Isso o magoa?"

"Magoa", ele diz, beijando-lhe os olhos. "Temos que contar tudo um para o outro. Até sobre a época em que éramos dois cadáveres."

"Entendi."

"Sei que você entende."

Se puder sempre decifrá-la, acredita Breavman, nada nos acontecerá.

Armada com a traição, Shell abordou o marido.

É preciso estar armado para caçar pessoas próximas. É preciso introduzir aço estrangeiro. O mundo doméstico de um casal é muito afável, familiar. A dor, presente em abundância, é absorvida. Outros mundos devem ser invocados para tentar extirpar o que está dormente.

Gordon lavava uma caixa de morangos com água quente. Sabia que seria assim. Como Auden dissera. Depois que ela falou as primeiras palavras, ele pareceu não ouvir mais o que dizia. Sempre soubera que aconteceria assim.

Ele respondeu "sei" e "claro, entendo" e "entendi" diversas outras vezes. Manteve a mão entre o quente e o frio. Preservar a embalagem colorida intacta assumiu grande importância.

Então de repente ela estava indo embora. A vida dele mudava naquele momento.

"Quero morar sozinha por algum tempo."

"Algum tempo?"

"Não sei quanto tempo."

"Em outras palavras, talvez por um longo tempo."

"Talvez."

"Em outras palavras, você não pensa em voltar mais."

"Não sei, Gordon. Será que não vê que não sei?"

"Você não sabe, mas tem uma ideia bem formada a respeito."

"Gordon, pare com isso. Não vai conseguir nada desse jeito. Nunca conseguiu."

Nesse ponto, ocorreu a Shell que quando começara a falar com ele não pretendia ir embora, mas sim lhe dar uma última chance.

"Fique."

Ele fechou a torneira, empurrou a caixa com firmeza para o canto da pia como se jogasse xadrez e enxugou as mãos. Falou com uma voz feia. As palavras foram menos do que uma súplica e mais do que uma proposta.

"Fique. Não acabe com nosso casamento por causa disso."

"É pouco?"

"As mulheres costumam ter casos", ele disse sem mais filosofias.

"Estive com um homem", disse ela, incrédula.

"Eu sei." E suavizou: "Não é o fim do mundo."

Mas ela queria que fosse o fim do mundo. Queria um sinal na testa para provar que a aliança estava rompida. Foi difícil perceber que ele lutava pela própria vida. Interpretou a fala dele como parte de sua afronta diária. Agora iria querer formalizar o desastre.

"Não vou me meter. Não vou perguntar nada."

"Não."

Achou que ela estava negociando.

"Você vai conseguir lidar com isso. Você vai ver, vamos superar."

"Não!"

Ele jamais chegou a entender contra o que ela gritava "Não".

Mesmo homens de imaginação limitada às vezes conseguem conceber o pior. De modo que ele não deve ter ficado tão surpreso ao vê-la arrumando as coisas um belo dia, ou ao se verem discutindo quem ficaria com qual armário, molde de vela, ou por se pegar ao telefone combinando a mudança para poupar Shell do incômodo. Durante anos soubera que não a merecia; havia sido só uma questão de tempo. Agora estava acontecendo e ele já preparara o papel cavalheiresco.

Shell foi visitar os pais em Hartford. Ainda moravam na imensa casa branca, sozinhos. Oficialmente lamentaram a separação e esperavam que ela voltasse logo para o marido quando caísse em si. Mas ela teve uma longa conversa com o pai enquanto caminhavam pela propriedade. As folhas já haviam perdido o verde, mas ainda não estavam pálidas. Ficou surpresa ao ver como conseguiu conversar à vontade com ele.

"Ele não tinha nenhum direito", foi tudo o que o pai disse a respeito de Gordon, mas era um homem velho e bonito falando, que já vivera toda uma vida de homem, e isso a fortaleceu.

Deixou que ela falasse, estimulando-a com seu silêncio e os caminhos que escolhia. Quando ela terminou, falou sobre os primeiros frutos de algumas árvores que havia plantado.

Ela não conseguia deixar de sentir que a mãe considerava a separação um sinistro triunfo da hereditariedade, como uma hemofilia numa criança da família real que até então parecera saudável demais.

Shell teve sorte de encontrar um pequeno apartamento para alugar na 23th Street. Não queria ficar muito longe do Village. Com exceção da minúscula cozinha, um banheiro e o vestíbulo, ela vivia num único cômodo. Colocou o relógio de chão ao lado da entrada. Pintou as paredes com um tom de lavanda e escolheu cortinas translúcidas do mesmo tom para as janelas, que pareciam tornar a luz etérea, fina, e perfumar o ar com uma cor fresca.

Não era seu lar, do mesmo modo que o corpo não era seu. Apenas vivia neles. Via-se movendo-se entre coisas belas. Não se achava uma mulher boa o bastante para ter um emprego seguro e tão bom, nem para abandonar um marido ou cativar um amante. Isso a deixava aterrorizada.

Não veria Med outra vez, é claro, e uma tarde na cantina lhe disse o porquê. Não havia sido criada para pequenas aventuras. A conversa foi interrompida por um rapaz cuja curiosa declaração deixou-a absurdamente comovida.

Breavman pensava nela o tempo todo, mas sem malícia. Isso era novidade. Pensava sobre sua presença sem ansiedade. Ela estava viva, sua beleza existia, ela tirando as luvas, pondo o cabelo para trás ou vendo um filme com os olhos imensos. Não queria estragar a cena em sua fantasia e resgatá-la da ficção obscura. Lá estava ela. Na cidade, em alguma cidade, algum trem, um castelo ou escritório. Ele sabia que seus corpos se aproximariam. No mínimo.

Não pensava em si mesmo como um amante. Sabia que se deitariam com as bocas unidas, mais felizes, mais seguros, mais selvagens do que nunca. Uma das vantagens de sua simples existência era que ele não precisava fazer planos.

Uma ou duas vezes disse a si mesmo que precisava encontrá-la, perguntar às pessoas sobre ela. Não seria necessário. Iria homenageá-la mesmo que não voltasse a vê-la. Como um herói wordsworthiano, não desejava que ela fosse sua.

Sequer se lembrava perfeitamente do rosto dela. Não o analisara de perto. Baixara a cabeça e escrevera poemas no guardanapo. Ela era o que esperava, o que estivera esperando desde sempre. Era como voltar para casa à noite depois de um dia longo e tedioso. Você para um minuto no vestíbulo. Nenhuma luz acesa. Não precisava explorar seus atrativos. Poderia andar de olhos vendados em homenagem a ela, pois o primeiro vislumbre desarmado já mostrara sua beleza.

Foi a última vez que Breavman deixou o passado ir embora com árduas promessas que mal podia articular. Não escreveu nada. Ficou suspenso no presente. Leu uma pesquisa sobre a arquitetura de Nova York e sentiu-se surpreso com sua capacidade de concentração e interesse. Assistia a aulas sem pensar na ambição do professor. Fez um papagaio de papel. Vagava pelo Riverside Park sem cobiçar as babás solitárias ou imaginar como seria o futuro das crianças nos carrinhos de brinquedo. As árvores estavam ótimas como estavam, perdendo as folhas, nomes latinos e comuns desconhecidos. Não havia tanto medo no rosto das senhoras de preto e meias grossas nos bancos dos confins da Broadway, ou dos ambulantes mutilados que vendiam lápis e copos plásticos. Jamais se sentira tão tranquilo.

Passou muitas noites na sala de música da moradia estudantil. O grosso tapete azul, o revestimento de madeira, móveis escuros e pesados e um aviso que pedia silêncio. A coleção de discos não era excepcional, mas tudo era uma descoberta para ele. Nunca tinha realmente ouvido música antes. Era mais um fundo para poemas e conversas.

Agora ouvia outros homens. Como falavam! Fez a própria voz parecer pequena e colocou o corpo de volta na multiplicidade do mundo. Nenhuma imagem se formava enquanto ouvia, nada que pudesse roubar para suas páginas. Era uma paisagem deles onde ele era mero convidado.

Vinha acompanhando a flauta de um quarteto de Schubert. Subindo e voltando e ascendendo outra vez, arremessada e amparada pelas poderosas cordas graves. Shell abriu a porta, entrou na sala, virou-se para a porta para fechá-la sem bater. Rapidamente atravessou o tapete antirruído e sentou-se numa cadeira ao lado das janelas altas, de onde podia ver o parque na penumbra, os muros e a rua.

Ele reparou no modo como ela tentava relaxar o corpo, como uma criança ouvindo sua história favorita. Mas as mãos apertavam os braços entalhados da cadeira e por um centésimo de segundo era como se padecesse numa cadeira elétrica. Então afundou-se novamente e tentou esquecer de si mesma em meio à melodia.

Algumas mulheres tomam a própria beleza como um carro esporte especialmente adaptado ou um cavalo puro-sangue. Levam-na a cada compromisso e dão entrevistas sentadas na sela. As mais afortunadas sofrem pequenos acidentes e aprendem a andar na rua, porque ninguém quer dar ouvidos a uma senhora arrogante. Algumas mulheres vestem musgo sobre a beleza e de vez em quando alguma coisa remove esse musgo – um amante, uma gravidez, ou mesmo a morte –, e um sorriso incrível se revela, olhos profundamente felizes, uma pele perfeita, mas é apenas temporário e o musgo se refaz. Algumas mulheres estudam e falsificam a beleza. Indústrias inteiras se estabeleceram para servir a essas mulheres, e os homens são condicionados a preferi-las. Algumas mulheres herdam a beleza como um traço familiar e aprendem a valorizá-la lentamente, como um descendente de uma grande família se torna orgulhoso de um queixo incomum porque diversos homens ilustres apresentavam o mesmo traço. E algumas mulheres, Breavman pensou, mulheres como Shell, criavam a beleza por onde iam, mudando não tanto seus traços mas o ar ao redor. Rompem com velhas regras da luz e não podem ser interpretadas nem comparadas. Tornam cada ambiente original.

Achou que ela estivesse sentindo algum tipo de dor, ou mesmo sofrendo uma perda. Sua delicadeza parecia rebelar-se e fugir, como às vezes um poema sendo escrito se tornava selvagem e incontrolável. Isso não alterou em nada seu alumbramento. O que ela criava ainda era impressionante. Não ousaria interferir. Mas talvez pudesse fazer algo para consolá-la.

Ela o reconheceu e devolveu o olhar, tendo aprendido que este era o melhor método para lidar com um sedutor em público, e imediatamente percebeu que não havia nada nos olhos dele que tentasse fazer dela um meio indiferente, um objeto. Era tão somente adorada. Por algum motivo absurdo lembrou-se de um vestido que usara no tempo da escola e desejou vagamente estar usando-o agora ou pelo menos saber onde estava. A cabeça dele estava inclinada, ele sorria. Parece estar disposto a me olhar a noite inteira, ela pensou. Sem falar, sem perguntar nada. Ela se perguntou quem seria ele. O rosto era jovem mas havia linhas de expressão profundas e incomuns das narinas aos cantos da boca. Era como se toda a experiência dele estivesse gravada naquelas linhas. A boca seria carnuda e sensual demais se não fossem aquelas marcas de sofrimento, como os lábios melosos e estupefatos de gordas divindades hindus.

Bem, por que pensava nos lábios dele? E o que fazia parada naquela cadeira, imóvel para ele? Devia voltar ao apartamento, pensar, planejar o futuro, aprender uma língua, resolver problemas, ou qualquer coisa que pessoas que moram sozinhas fazem quando voltam para casa à noite.

Deu-se conta de que há alguns anos era exatamente assim que desejaria ser observada, com música, diante de uma janela, com a luz atenuada pela madeira antiga.

Logo já não daria para ver as pedras destacadas do muro ou a cerca de ferro rente aos arbustos. As calçadas assumiam um tom de madrepérola, e, embora não pudesse ver, sabia que o sol se punha, arrastando a escuridão, atrás das colinas rosadas de Nova Jersey. Será que ele não viraria nunca para o outro lado?

Fechou os olhos e continuou sentindo o olhar dele. Tinha a força de um elogio indefeso. Não dizia que ela era bonita, mas a convidava para deliciar-se na própria beleza, o que é mais compreensível e humano, e ela sentiu prazer ao contemplar o prazer que propiciava. Quem era aquele homem que fazia aquilo com ela? Abriu os olhos e sorriu curiosa. Ele se levantou e veio até ela.

"Você vem comigo?"

"Certo."

"Está anoitecendo."

Saíram em silêncio da sala. Breavman fechou a porta com cuidado. Sussurraram seus nomes e riram ao lembrar que podiam falar em voz alta agora.

Passearam de um lado para o outro na área cimentada diante da tumba do general Grant. Havia certa formalidade naquele local; à noite, podia bem ser um jardim particular de um amigo ilustre. Foram caminhando pelas praças largas.

"Os Grant são ótimos anfitriões", disse Shell.

"Dormem muito cedo", falou Breavman.

"Você não acha que a casa deles é um pouco pretensiosa demais?", perguntou Shell.

"Bondade sua. A entrada parece um maldito mausoléu!", disse Breavman. "E ouvi dizer que ele bebe."

"Ela também."

Deram as mãos e desceram correndo pela grama. Esmigalharam folhas secas com os pés e procuraram montes delas para destruir. Então observaram o trânsito passar na pista lá embaixo, inúmeras lanternas de carros. No Hudson havia outras luzes, o colar da ponte George Washington, as lentas barcas e o luminoso da Alcoa sobre a água. O ar estava claro, com grandes estrelas. Ficaram bem juntos e absorveram tudo aquilo.

"Agora preciso ir."

"Vamos ficar acordados a noite inteira! Vamos ao mercado de peixes. Eles têm monstros imensos e nobres em caixas com gelo. Tartarugas, vivas, para os restaurantes famosos. Vamos salvar uma e escrever mensagens no casco e soltá-la no mar, Shell, concha do mar. Ou podemos ir à feira. Eles têm sacos de rede vermelha com cebolas que parecem pérolas imensas. Ou vamos à 42th Street assistir a dez filmes e comprar um boletim mimeografado de vagas de empregos no Paquistão..."

"Eu trabalho amanhã."

"Mas isso não tem nada a ver."

"Mas é melhor ir agora."

"Sei que ninguém faz isso aqui nos Estados Unidos, mas vou andando com você até sua casa."

"Eu moro na 33th Street."

"Justamente o que eu queria. São mais de cem quarteirões."

Shell aceitou seu braço, ele aproximou o cotovelo da mão dela, e foram os dois num único movimento, uma espécie delicada de bicho siamês capaz de percorrer mais de dez mil quarteirões. Depois de algum tempo ela retirou o braço e ele se sentiu vazio.

"Algum problema?"

"Acho que estou cansada. Lá vem um táxi."

"Converse um segundo comigo antes de entrarmos no carro."

Ela achou difícil explicar. Ele acharia que era uma perfeita idiota possessiva se contasse. Não queria andar com alguém tão junto se fosse apenas algo casual. E o homem deveria se declarar depois de menos de uma noite ao lado dela? Não entendia os próprios desejos; ele era um estranho. De uma única coisa tinha certeza. Não conseguia se permitir algo casual.

"Sou casada", foi tudo o que disse.

Ele olhou bem para ela. Era uma tentação desassociar sua beleza dos prosaicos problemas humanos. Todas as suas expressões eram tão bonitas, que importância tinha o que as provocava? Os lábios não eram perfeitos quando estremeciam? Então lembrou-se da dor que percebera quando ela estava sentada diante da janela. Balançou a cabeça e respondeu:

"Não, não. Acho que você não é."

Ele parou um táxi e antes que tocasse na maçaneta da porta o motorista se inclinou e a abriu. A Times Square foi uma súbita invasão de luzes. Veias azuis apareceram através da pele do rosto e das mãos e na careca do taxista. Sentiram-se aliviados com a relativa escuridão da 7th Avenue. Ainda não estavam próximos o bastante para apreciar a feiura.

Pediu ao motorista que esperasse e a levou ao elevador.

"Não vou convidá-lo para subir", disse Shell sem pudor.

"Eu sei. Temos tempo."

"Obrigada por dizer isso. Adorei nosso passeio."

Ele dispensou o táxi e caminhou sozinho por cem quarteirões. Evitar as fendas da calçada foi o máximo de sacrifício a que se permitiu. Isolara-se no conforto, que significa fazer o que você sabe que pode fazer.

Shell foi para a cama rapidamente. Quando estava deitada no escuro de repente se deu conta de que não havia escovado o cabelo.

ONZE

Breavman sempre invejou as ideias grandiosas e bem recebidas oferecidas pelos velhos artistas. Assim, a cor do ouro podia ser derramada e a glória ser passada por escrito. A morte de um deus numa folha rubra e reluzente é muito diferente do colapso de um bêbado num café triste, por mais que a literatura marginal professe o contrário.

Nunca se considerara um poeta, ou seu trabalho, poesia. O fato de que suas linhas não chegavam ao canto da página não era nenhuma garantia. Poesia é veredicto, não uma ocupação. Ele odiava ter de discutir técnicas de versificação. O poema é uma coisa suja, sangrenta, incandescente, que precisa primeiro ser tomada com as mãos nuas. Outrora o fogo celebrava a Luz, a terra celebrava a Humildade, e o sangue, o Sacrifício. Hoje os poetas são engolidores de fogo profissionais, exibindo-se em qualquer circo. O fogo é engolido com facilidade e não honra ninguém em particular.

Outrora, por algum tempo, aparentemente fora capaz de oferecer alguma coisa além de si mesmo. Foram os únicos poemas que escreveu. Eram para Shell. Queria devolver-lhe o próprio corpo.

Nas minhas mãos
seus seios pequenos
são ventres arfantes
de pardais caídos do galho.

Ou será que não tinha feito para ela? Seria mais fácil para ele se ela gostasse do próprio corpo. A cama ficava mais pacífica. A princípio nem eram poemas, mas propaganda. O veredicto foi poesia. Se ela continuasse achando a carne um inimigo indiferente, não o deixaria olhar para ela como queria.

Ele ergueria o lençol para observá-la enquanto dormia. Não havia nada mais no quarto senão sua carne descoberta. Não precisava compará-la a nada. Ajoelhar-se ao lado dela e percorrer com os dedos seus lábios, acompanhar cada forma, era abolir ocasos que não podia tocar. Ambições, exigências de excelência foram alegremente esquecidas quando se deitou sobre ela. Era a maior das excelências. Mas ela precisava se sentir inteira. Uma deusa não deve estar tensa. Portanto precisava trabalhar para torná-la alegre e calma. Ela aprendeu os meios convencionais para o clímax, o que para uma mulher é o início do orgulho e da tranquilidade.

Quando, por fim, ela trocou timidamente o corpo com o dele não estava completamente segura de que iria gostar. Gordon tinha dito que a amava mas se recusara a tocá-la. Cinco anos. Impusera limites ao contato. Não o corpo dela, mas apenas os dedos de sua mão poderiam provocar nele choques furtivos de prazer. A carne dela havia morrido por isso. A cada noite fora ficando mais cinzenta.

Breavman afastou a seda como se fosse uma teia de aranha caída nos ombros dela. Ela emitiu um ruído discreto de prazer e resignação, como se agora ele soubesse do pior. Breavman descansou a cabeça em seus seios, e este gesto antigo significou mais do que ele poderia dizer.

Ela aprendeu depressa, mas nenhuma mulher é tão bela que não deseje a beleza recontada em versos. Era um profissional e soube criar a figura do amante para cortejá-la.

Achava que poemas eram capazes de fazer coisas acontecerem. Mas tampouco desdenhava do amante robótico que fazia de toda noite uma celebração e de cada refeição um banquete. Era um produto artístico, forjado com carinho, que Breavman não se importava de ser. Aprovava a ternura do amante, sentia até inveja de algumas coisas que o amante dizia, embora fosse uma astúcia que o próprio Breavman já tinha a seu serviço.

Esse amante, tão bem planejado, possuía vida própria e muitas vezes deixava Breavman para trás. Vinha até Shell com um presente, digamos, uma pluma de avestruz comprada numa loja da 2nd Avenue ou rosas-chás das bancas da 8th Street. Sentava-se à mesa de Shell e trocavam fofocas e planos.

Sempre que você se mexe
escuto o som de asas se fechando,
asas caindo

Fico mudo
pois você caiu ao meu lado

pois seus cílios são espinhas
de bichos minúsculos e frágeis.

"Descontaram um cheque para mim no mercado."

"Os privilégios da beleza. A última casta elevada que restou numa América sem classes."

"Não, trocaram para uma senhora negra também."

"As virtudes da vizinhança continuam valendo."

"Como foi o trabalho hoje?"

"Enchi uma página."

Temo chegar o tempo
em que sua boca comece
a me chamar de caçador.

A conversa continuou. Histórias de Hartford, a fonte de pedra, os verões em Lake George, imensas casas recordadas. Histórias de Montreal, rondas noturnas no carro de Krantz, a morte do pai. E quando passaram a viver juntos as próprias histórias foram aumentando, mitos do primeiro encontro, do primeiro amor, silenciando sobre futuras viagens.

"Posso ler uma coisa para você?"

"Sua?"

"Você sabe que não suporto o trabalho de mais ninguém."

Quis que ele sentasse ao lado dela de um jeito especial, que era o favorito dela.

"É sobre mim?"

"Bem, espere eu ler o maldito poema."

Ela ouviu muito séria. Perguntou se poderia ler de novo. Nunca se sentira tão feliz. Ele recomeçou, em sua voz grave que nem sempre se importava com o significado das palavras, sem jamais forçar um efeito. Ela adorava a honestidade dele, aquela intensidade que fazia tudo importante.

"Oh, é lindo, Lawrence, lindo mesmo."
"Que bom. Foi essa a intenção."
"Mas não é para mim – não é para ninguém."
"Não, Shell, é para você."
Ela havia preparado um presente para ele, morangos gelados.

Quando você me chama
e me diz de perto
que seu corpo não é bonito
minha vontade é convocar
os olhos e bocas ocultos
da pedra, da luz, da água
para testemunhar contra você.

Breavman viu sua representação de amante fazê-la feliz enquanto a olhava fixamente apenas. Uma noite ficou observando enquanto ela dormia. Queria saber o que acontecia com ela. Alguns rostos morrem no sono. Bocas pendem flácidas. Os olhos perdidos são de deixar qualquer cadáver para trás. Mas ela era íntegra e adorável, sua mão junto à boca agarrava uma ponta do lençol. Ouviu um grito na rua. Foi até a janela mas não conseguiu ver nada. O grito parecia a morte de alguma coisa.

Quero que despejem
a seus pés
a rima trêmula do seu rosto
de dentro dos profundos relicários.

Não me importa quem está sendo assassinado, ele pensou. Não me importam quais cruzadas estão sendo planejadas em cafés históricos. Não me importam as vidas massacradas nas favelas. Buscou o alcance de seu envolvimento humano para além daquele quarto. Era o seguinte: amenas condolências pelas mulheres menos belas do que ela, e pelos homens com menos sorte do que ele.

Como estava ligado à magia, os poemas continuaram. Não se deu conta de que Shell fora conquistada não pelo seu texto, mas pela totalidade de sua atenção.

"Posso entrar?"

"Não."

"Por quê?"

"Estou me vestindo."

"Justamente."

"Por favor, não entre. Você vai enjoar de mim. Todos os livros dizem que devo preservar meu mistério."

"Quero ver você se vestir misteriosamente."

Não era nada estranho que interpretasse tamanha devoção à presença dela como amor.

Quando você me chama
e me diz de perto
que seu corpo não é bonito
minha vontade é que meu corpo e minhas mãos
sejam lagos
para você se olhar e sorrir.

DOZE

Shell resolveu ir em frente com o divórcio. Gordon concordou. Chegara a pensar em começar uma batalha judicial, mas sentiu-se intimidado quando ela o visitou no escritório. Mostrou-se tão calma e amigável, perguntando sobre o trabalho dele, feliz por seu sucesso. Referiu-se com ternura ao casamento, mas foi firme sobre o desfecho, como se fosse um jogo para depois do jantar, mas agora já era tarde e as crianças deviam ir para a cama. Ele nem precisou adivinhar a fonte daquela força. Com exceção de uma tarde em que preenchiam os últimos papéis e ele fez uma tentativa desesperada de salvar o casamento, estava feliz por ter tido a sorte de passar cinco anos com ela. E em poucos anos sua disposição literária, não requisitada pela *Newsweek*, permitiria que dramatizasse a própria vida para mulheres mais jovens com essa pequena tragédia.

"Isso é entre mim e Gordon", disse ela a Breavman. Como bons amantes, só conseguiam falar nos braços um do outro. "Então pode tirar seu cavalinho da chuva."

Moraram juntos por quase um ano. Ela não queria que ele visse o divórcio como um sinal de proposta. Claro que queria se casar com ele. Não era feita para ter amantes, pois sua ideia de amor se baseava na lealdade, uma lealdade baseada em paixão.

Às vezes achava que ninguém era capaz de tanta ternura, atenção, sem que fosse um investimento para o futuro. Às vezes ela sabia, era capaz de localizar a dor em seu coração, que ele só era capaz de dar tanto porque um dia iria embora.

Já lhe dera tudo, uma concessão que só fazemos uma vez na vida. Queria que ele a amasse livremente. Era a maior parte do presente total. Também havia sido criada na escola das mártires e heroínas, talvez, como uma Heloísa. Apenas o homem podia amar na aventura – foi ele quem escreveu –, e só a dama que tivesse deixado para trás o lar e seu nome – palavras da sociedade convencional. Aventureiros abandonam o barco, damas retomam seu nome; esse conhecimento é o fardo que mantém o laço apertado.

Não é sempre que encontramos alguém que tem a mesma visão sobre o que podemos ser que temos sobre nós mesmos. Shell e Breavman, ou antes a representação que ele fazia de si, viam um ao outro com essa notável generosidade.

Ela chegou chorando certa tarde. Ele pegou suas luvas e a bolsa, colocou-as na cômoda de madeira envernizada, levou-a ao sofá verde.

"É porque contei ao Gordon."

"Você precisava contar."

"Não tudo. Sou terrível."

"Você é uma bruxa má e terrível."

"Contei a ele como era bom com você; não precisava fazer isso. Só quis magoá-lo."

Conversaram a noite inteira até Shell conseguir dizer: "Eu odeio o Gordon".

Breavman disse a si mesmo que ela estava mais longe de se divorciar do que pensava. As mulheres levam muito a sério uma tentativa de mutilar seus corpos. Breavman não havia entendido que no momento em que ela dissera aquelas palavras em seus braços Shell estava livre do ódio.

Sentiu-se incomodado ao saber que ela vinha tomando decisões reais, agindo, transformando sua vida. Queria olhar para ela dormindo. Aquilo o envolvia no mundo das residências e semáforos. Ela vinha se tornando uma verdadeira cidadã, usando o amor dele para se fortalecer.

Suponhamos que continuasse com ela e fossem se encaminhando para uma intimidade diária, de reconfortantes e sucessivas conversas de um casal. Não estaria abandonando algo mais austero e ideal, mesmo que ele desse risada, algo que pudesse aplicar a beleza dela às ruas, ao trânsito, montanhas, que incendiasse a paisagem – algo que pudesse dominar se ficasse sozinho? Não era por isso que ele a olhava fixamente e se permitia todos os movimentos, expressões? Talvez fosse essa única convicção, de que não fora criado para o conforto, o que o atormentava. Atormentava porque vinha desaparecendo.

Estava muito confortável. Começara a aceitar a alegria da representação. Aquele amante era a coisa mais bem-sucedida que ele já fizera, e a tentação era dar a ele uma carteira e uma identidade e afogar o mestre Breavman num trecho especialmente sujo de lixo do rio Hudson.

O olho de Breavman, treinado para observações vulcânicas, anfitriãs celestiais, coxas ideais e agora trabalhando à perfeição no corpo de Shell, corria o risco de pegar no sono. Cada vez mais o amante era dono de Shell. Dessa época Breavman não se lembra muito bem porque foi muito feliz.

TREZE

O verão ainda estava no início.

Você sabia que esses miosótis eram tão minúsculos?

Subiram a colina atrás da cabana, escutaram pássaros, olharam no guia para identificar o canto.

Ele não quis lhe dar as florzinhas porque os dois prestavam muita atenção ao nome das coisas.

Conversaram sobre o protocolo da despedida. Algo tão remoto e interessante para dois amantes quanto uma discussão sobre a bomba H numa convenção de prefeitos.

"...e se não estiver dando certo para um de nós, precisamos dizer para o outro."

"...e tomara que sejamos corajosos e cirúrgicos."

Shell estava encantada com um certo arvoredo de bétulas.

"Essas árvores parecem estar nuas! Fazem o bosque ficar negro."

À noite ouviram o som do lago batendo na areia e nas pedras da margem. Um céu escuro e luminoso feito papel-alumínio queimado. O canto dos pássaros, mais alto e desesperado agora, como se o alimento e suas vidas estivessem envolvidas.

Shell disse que cada som do lago era diferente do outro. Breavman preferiu não comprovar; gostava do borrão da felicidade. Ela conseguia ouvir melhor do que ele. Detalhes para ela eram riqueza, para ele eram grilhões.

"Se você gravar esses assovios, Shell, e depois tocar em velocidade reduzida, vai ouvir as coisas mais extraordinárias. O que o ouvido é capaz de ouvir como uma única nota, na verdade são, muitas vezes, duas ou três notas cantadas ao mesmo tempo. Um passarinho consegue cantar três notas de uma vez!"

"Queria poder falar assim. Gostaria de poder dizer doze coisas ao mesmo tempo. Queria falar tudo o que há para dizer numa palavra.

Odeio todas as coisas que podem acontecer entre o começo e o fim de uma frase."

Ele trabalhava enquanto ela dormia. Quando a ouvia ressonar, sabia que o dia estava encerrado e ele podia começar a recordá-lo.

Uma estranha distorção da honestidade me mantém afastado de você...

Shell acordou sozinha no meio da noite. Mariposas se batiam contra a janela junto da qual ele trabalhava. Ela veio por trás dele e beijou seu pescoço.

Ele se virou surpreso, lápis na mão, e arranhou a pele do rosto dela. Derrubou a cadeira ao se levantar.

Olharam um para o outro na luz fria e chapada do lampião de gás. A noite se tornava barulhenta. O zunir e bater de asas das mariposas, o cicio do lampião, a água nas pedras, pequenos animais caçando, nada em descanso.

"Achei que estava..." Ele se interrompeu.

"Você achou que estava sozinho!", ela gritou de dor.

"*Achei que eu...*" "*Você achou que estava sozinho!*", ele registrou quando ela voltou a dormir.

QUATORZE

Uma noite, enquanto a observava, resolveu que iria embora na manhã seguinte.

De outro modo ficaria sempre ao lado dela, olhando-a fixamente.

Eram meados de junho. Vinha trabalhando de ascensorista num pequeno prédio comercial, sem carteira. Completava o orçamento fazendo faxina em algumas salas nas noites de sexta-feira. Era um elevador capenga, levava no máximo cinco pessoas, e parava de funcionar se descesse muito, até o subsolo.

À noite havia Shell, poemas e o diário depois que ela dormia.

Estava feliz a maior parte do tempo. Sentiu-se surpreso e perturbado com isso, como os generais se sentem irrequietos com a paz prolongada. Gostava do elevador, que ora era uma carruagem, ora um aparato de tortura de Kafka, ora máquina do tempo, e, na pior das hipóteses, um elevador. Dizia às pessoas que perguntavam que seu nome era Caronte e que eram bem-vindas a bordo.

E havia ainda os jantares com Shell. Esteiras de palha sobre uma mesa dobrável de madeira envernizada. Luz de velas e aroma de cera de abelha. As comidas sofisticadas que amantes fazem um para o outro, cozidas no vinho, presas por palitos. Ou hilários banquetes matinais tirados de latas e caixas de congelados.

Havia cafés da manhã de fins de semana com ovos e bolinhos com frutas silvestres quando Shell era um gênio das histórias de uma antiga cozinha de fazenda fora de Nova York – que podiam trocar a qualquer momento pelo sofá verde, que era imemorial. Havia tardes de filmes, análises mitológicas de faroestes classe C, históricos jantares com espaguete no Tony's em que descobriram afetações em Bergman.

Os poemas continuaram, celebrando os dois. Poemas de despedida, um homem escrevendo para uma mulher que não podia perder de vista. Ele tinha o bastante para um livro grosso, mas não precisava de livro nenhum. Isso viria depois, quando precisasse se convencer de que tinha vivido uma vida de trabalho e amor.

Breavman se tornou a própria representação. Retirava-se para sua torre durante uma hora quase todo dia para escrever o diário. Escrevia depressa e às cegas, sem acreditar no que fazia, como um suicida que já falhou três vezes procurando uma navalha.

Exorcizou os demônios da glória. Suas páginas abarrotavam um antigo gaveteiro que Shell respeitava. Era uma caixa de Pandora de vistos e envelopes de passagens aéreas que o levariam para longe se ela abrisse. Então ele aterrissava de volta para a cama quente, os corpos ainda mais doces sob a ameaça.

Deus, como ela era bonita. Por que não ficava com ela? Por que não podia ser um cidadão com mulher e emprego? Por que não deveria participar do mundo? A beleza que planejara como um repouso entre solidões agora o levava a se fazer velhas perguntas sobre o isolamento.

O que estaria traindo se ficasse com ela? Não ousou recitar as alegações mal-acabadas. E agora experimentava a culpa de que se alimentaria se a deixasse. Precisava ser ele mesmo, assim poderia sentir saudades dela, para ver as coisas em perspectiva.

Enfiou uma carta na gaveta abarrotada.

Observou-a dormir, agarrando o lençol na mão como um amuleto, cabelos espalhados sobre o travesseiro em ondas de Hokusai. Certamente estaria disposto a matar por aquele corpo em suspensão. Era sua única lealdade. Então por que lhe dar as costas?

A mente pulou da despedida direto para o remorso. Escrevia para ela de uma distância muito grande, de alguma escrivaninha desesperada coberta de carne no futuro.

Minha querida Shell, alguém está perdido dentro de mim, alguém que afoguei estupidamente em jogos arriscados há algum tempo – gostaria de trazer esse alguém para você, ele saltaria para dentro dos seus devaneios sem perguntas e tomaria conta da sua carne como um erudito bêbado, com notas de rodapé divertidas, valiosas e secretas. Mas, como disse, ele se afogou, ou ficou aleijado no sono covarde, sob medicação pesada, sem sonhos, ouvidos tampados com algas ou algodão – não sei nem o paradeiro do corpo, só que às vezes se estica como um feto faminto no meu coração quando me lembro de você se vestindo ou trabalhando na cozinha. Isso é tudo o que posso escrever. Gostaria de ter sido capaz de trazê-lo para você – e não esta página, não este remorso.

Ergueu os olhos do caderno pautado. Imaginou a silhueta de Shell e a sua própria. Um cartão do dia dos namorados do tempo dos pais. Um cartão em sua estante de colecionador. Poderia embalsamá-la para facilitar a consulta?

Ela mudou de posição, esticando o lençol branco ao lado do corpo, de modo que sua cintura e os quadris emergiram do mármore bruto. Sem comparação. Não só porque as formas eram perfeitas, ou porque as conhecia tão bem. Não era uma beleza adormecida, uma princesa absoluta. Era Shell. Uma mulher em particular que tinha um endereço e os traços da família. Não era um caleidoscópio ajustável para diferentes visões. Todas as suas expressões representavam sentimentos. Quando ela ria, havia um porquê. Quando ela pegava sua mão no meio da noite, havia um porquê. A razão era ela. Shell, a Shell que ele conhecia, era a dona do corpo. O corpo reagia a ela, era ela. Não estava servido para ele num pedestal. Colidira com uma pessoa em particular. Bonita ou feia, ou desfigurada por ácido sulfúrico amanhã, não importava. Shell era quem ele amava.

Quando a luz do sol já ocupava metade do quarto, Shell abriu os olhos.

"Olá", disse Breavman.

"Olá. Você não dormiu?"

"Não."

"Vem dormir agora."

Ela se recostou e ajeitou a roupa de cama e abriu um canto para ele. Breavman sentou na beirada da cama. Ela quis saber qual era o problema.

"Shell, acho que vou precisar ir a Montreal por algum..."

"Você vai embora?"

Sentiu que ela havia ficado tensa.

"Vou voltar. Krantz voltou – ele escreveu e me ofereceu um trabalho num acampamento..."

"Sabia que você estava de partida. Nas últimas semanas já tinha percebido."

"É só este verão."

"Quanto tempo?"

"Durante o verão."

"Quantos meses?"

Antes que pudesse responder ela levou os dedos à boca e emitiu um gemido de dor.

"O que foi?", perguntou Breavman.

"Falei como o Gordon agora."

Tomou-a nos braços dizendo que de jeito nenhum, que não era a mesma coisa. Ela lembrou-o da promessa que haviam feito de serem objetivos.

"Isso é bobagem, você sabe. Vamos, vamos fazer um café da manhã incrível."

Ele ficou mais aquele dia e o dia seguinte, mas no terceiro foi embora.

"Sério, Shell, é só durante o verão."

"Não falei nada."

"Queria que você ficasse mais triste."

Ela sorriu.

LIVRO QUATRO

UM

Sobre os corpos que Breavman perdeu. Nenhum detetive jamais os encontrará. Perdera-os no apogeu de sua beleza. São eles: 1) um rato; 2) uma rã; 3) uma menina dormindo; 4) um homem na montanha; 5) a lua.

Você e eu temos nossos corpos, mutilados que sejam pelo tempo e pela memória. Breavman perdeu-os no fogo onde permanecem intactos e perfeitos. Esse tipo de permanência não consola ninguém. Após diversos incêndios, viraram diáfanas constelações que o regeram ao se tornar seu céu particular.

Pode-se dizer que foram devorados pela sarça ardente que cada um de nós cultiva no coração, mas muito poucos se importam de acender.

DOIS

Parou no gramado do hospital psiquiátrico Allan Memorial, olhando para Montreal lá embaixo.

Os loucos têm a melhor vista da cidade.

Aqui e ali grupos de pessoas reunidas sobre a grama caríssima em torno da mobília de madeira. Podia bem ser um clube de campo. As enfermeiras deixariam. Brancas e perfeitas, havia uma em cada círculo, não exatamente participando da conversa, mas controlando em silêncio, como luas.

"Boa tarde, senhor Breavman", disse a enfermeira do andar. "Sua mãe vai ficar contente em vê-lo."

Seria uma censura em seu sorriso?

Ele abriu a porta. O quarto estava fresco e escuro. Assim que a mãe o viu, começou. Ele sentou. Não se deu ao trabalho de cumprimentá-la desta vez.

"... quero que você fique com a casa, Lawrence, é sua, para você ter um lugar para descansar a cabeça, você precisa se proteger, eles vão tirar tudo, não têm coração, para mim a história acabou, o que fiz por todo mundo, e agora tenho que ficar com essa gente louca, dormindo como uma cadela, o mundo inteiro lá fora, o mundo inteiro, eu não deixaria um cachorro dormir desse jeito, deveria estar era num hospital, isto aqui por acaso é hospital?, eles sabem sobre os meus pés, que não posso andar?, mas o meu filho é muito ocupado, oh, mas é um homem importante, ocupado demais para visitar a mãe, um poeta conhecido no mundo inteiro, no mundo...!"

Aqui ela começou a berrar. Ninguém veio ver.

"... mas para a mãe dele está ocupado demais, para a *shiksa* dele ele tem bastante tempo, para ela, ele não fica olhando no relógio, depois do que fizeram ao nosso povo, tive que passar a Páscoa escondida no porão, caçaram a gente, o que tive que aguentar, e ver agora um filho, ver o meu filho, um traidor do seu povo, tenho mesmo que esquecer tudo, eu não tenho filho nenhum..."

Ela continuou por mais uma hora, olhando para o teto enquanto delirava. Quando eram nove horas, ele disse: "Não posso ficar mais, mãe."

Ela parou de repente e piscou os olhos.

"Lawrence?"

"Sim, mãe."

"Você está se cuidando?"

"Sim, mãe."

"Você está comendo direito?"

"Sim, mãe."

"O que você comeu hoje?"

Ele murmurou algumas palavras. Tentou inventar um cardápio que ela aprovaria. Mal conseguiu falar, não que ela fosse ouvir.

"... nunca peguei um centavo para mim, era tudo para o meu filho, quinze anos com um homem doente, e pedi diamantes como qualquer outra mulher?..."

Ele a deixou falando sozinha.

Lá fora faziam uma dança terapêutica. Enfermeiras de mãos dadas com pacientes assustados. Música pop gravada, fantasias românticas ainda mais absurdas naquele cenário.

*When the swallows come back to Capistrano**

Atrás do círculo de luz suave onde se moviam erguia-se o topo escuro do monte Royal. Lá embaixo piscava todo o centro comercial da cidade.

Observou os dançarinos, como fazemos ao deparar com os desamparados, e depositou neles todo o amor caótico que não podia pôr em nenhum outro lugar. Viviam aterrorizados.

Desejou que uma daquelas mulheres imaculadamente brancas o acompanhasse colina abaixo.

* "When the Swallows Come Back to Capistrano" (1940), de Leon René, sucesso na voz dos Ink Spots e mais tarde nas gravações de Glenn Miller e Pat Boone, entre outros. Literalmente: "Quando as andorinhas voltarem a Capistrano". [N.T.]

Encontrou Tamara todas as noites nas duas semanas em que ficou na cidade.

Ela havia largado o psiquiatra e se casara com a arte, que era menos exigente e mais barata.

"Vamos ficar sem saber nada de novo um sobre o outro, Tamara."

"Isso é preguiça ou amizade?"

"Isso é amor!"

Ele fingiu um desmaio teatral.

Ela morava num quartinho curioso na Fort Street, uma rua de casas de boneca. Havia uma lareira de mármore com tochas e corações esculpidos, um espelho estreito por cima, cercado de finos pilares de madeira e cornijas, uma espécie de Acrópolis marrom.

"Esse espelho não está ajudando ninguém aí em cima."

Retiraram o espelho e o colocaram no chão ao lado do sofá.

O quarto havia sido dividido ordinariamente por uma senhoria sovina. O terço de Tamara, devido ao teto alto, parecia ocupar um dos cantos. Ela gostava porque parecia algo temporário.

Tamara agora era pintora, e só fazia autorretratos. Havia telas por toda parte. O fundo de todos os retratos era o quarto onde ela vivia. Tinha tinta embaixo das unhas.

"Por que você só pinta você mesma?"

"Você consegue pensar em alguém mais bonita, charmosa, inteligente, sensível etc.?"

"Você está engordando, Tamara."

"Assim vou poder pintar a minha infância."

O cabelo dela continuava preto, e ela não o cortara.

Uma noite fundaram a Misericórdia Filisteia, com número de membros limitado a eles dois. Era dedicada à adoração do vulgar. Celebravam as barbatanas do novo Cadillac, defendiam Hollywood e o Hit Parade, paredes encarpetadas, restaurantes polinésios, afirmavam lealdade à Sociedade Afluente.

Rosas de papel de parede descascavam das parreiras de gesso. A única peça de mobília era um pequeno sofá do Exército da Salvação, exageradamente estofado e gravemente ferido. Ela se mantinha como modelo de um artista e só comia bananas, sua teoria da semana.

Uma noite antes de ir embora, Tamara fez uma surpresa para ele e todos os leais filisteus misericordiosos. Tirou o lenço da cabeça. Havia tingido o cabelo de loiro de acordo com os objetivos da organização.

Adeus, velha Tamara, Breavman registrou para seus biógrafos, que você prospere, você tem uma boca de 300 mil dólares.

QUATRO

Quando seria retomada aquela velha conversa com Krantz?

O lago estava bonito à noitinha. As rãs saíam aos saltos feito molas encolhidas.

Quando sentariam perto da água feito pequenas figuras numa mística pintura de pergaminho e conversariam sobre o longo exílio? Ele queria lhe contar tudo.

Krantz falava aos monitores sobre Brincadeiras para Dias de Chuva. Krantz havia preparado uma agenda para os dias de folga. Krantz criara um novo sistema de duplas para cobrir a orla e treinara os monitores durante duas horas. Krantz andava com uma prancheta e um apito no pescoço.

Nada de corneta para acordá-los de manhã, mas uma gravação nos alto-falantes dos primeiros compassos do Concerto para Trompete de Haydn. Ideia do Krantz. No quinto dia do programa preparatório para o acampamento, que Krantz havia instituído para os monitores, Breavman descobriu que aquele trecho de música havia ficado comprometido para ele pelo resto da vida.

Bem, Krantz estava ocupado. E havia essa garota, Anne, que viera com ele da Inglaterra. Graças a Deus não era bonita. Fazia dança moderna.

Depois de terminados os preparativos e com a chegada das crianças, as coisas correriam mais tranquilas e retomariam as velhas observações sobre o universo.

Krantz explicou o jogo americano do beisebol.

"Se um cara pega a bola depois de rebatida, o batedor está fora."

"Faz sentido", disse Anne, e eles se abraçaram.

Esperava que os diálogos começassem logo, porque não gostava de nada naquele acampamento. Obsceno. Foi o que sentiu no minuto em que chegou ali. Havia algo obsceno num acampamento para crianças ricas. Algo tão óbvio que lhe dava enjoo. É como um parque de diversão, como as fileiras de máquinas de fliperama. Ele olhava para aqueles campos, quadras de handebol, beliches, canoas – receptáculos para crianças durante o verão, para alívio dos pais. Gangrena na família. Salas de estar em Montreal fediam a intimidade pervertida.

Ficou contente porque a seiscentos e tantos quilômetros dali Shell esperava.

Os monitores e monitoras estavam no píer, deitados ao sol. Breavman avaliou a carne. Logo estariam todas bronzeadas, com marcas de biquíni. Agora estavam brancas da cidade. Como os pinheiros deviam desprezá-las!

Breavman reparou numa garota alta chamada Wanda. Estava sentada no final do píer, passando os dedos dos pés na água. Tinha belas pernas e cabelos loiríssimos, mas que não mexeram com ele. Não pertencia à grandiosa tradição dourada. Wanda, você está salva de Breavman.

Todas as garotas eram bastante comuns. E a graça era essa. Ele sabia o que dois meses naquela comunidade eram capazes de fazer.

Estaria escrevendo sonetos para todas elas. Esses poemas vindouros deixaram-no cansado.

O céu do Laurentides estava repleto de estrelas. Breavman, que não sabia os nomes das constelações, considerava a confusão um aspecto da beleza delas.

"Reunião da monitoria", chamou Krantz da varanda.

"Vamos cabular, Krantz."

"Brilhante ideia, só que sou o presidente."

Enquanto iam ao Salão dos Monitores, Ed, primeiranista de direito em McGill, juntou-se a eles.

"O primeiro a ficar com a Wanda, leva", propôs Ed. "Quer dizer, é uma questão de tempo. Até o fim do verão todos vamos ficar com ela, acontece sempre, só que assim pelo menos um de nós ganha alguma coisa."

Breavman odiava esse tipo de conversa de machinho. Quem dera tivesse coragem de esmurrá-lo no rosto. Talvez Krantz tivesse. Agora ele era um amante.

"Imagino que estejam pensando em como poderemos garantir que o primeiro cara ficará com o dinheiro", Ed, o legalista, explicou diante do silêncio dos outros dois. Breavman procurava o silêncio da velha união entre eles.

"Acho que vamos ter que confiar uns nos outros", disse Krantz. "Breavman?"

Breavman chamou a atenção deles para uma estrela cadente.

"Um contrato de dimensões cósmicas."

Concordaram que cinco dólares de cada um fariam a aposta valer a pena.

O que você esperava, Breavman, uma reunião ao vento da colina, uma cerimônia de canivetes e troca de sangue?

A rodoviária estava um caos de pais, crianças, varas de pescar, raquetes de tênis e cães aturdidos arrastados para se despedir dos donos mirins. Mães que haviam aguardado semanas pelo grande dia subitamente eram acometidas pela certeza de que seus bebês morreriam de fome sem elas. Uma dieta especial foi passada para as mãos de Breavman com uma nota de cinco dólares.

"Sei que vai tomar conta dele", berrou uma mulher às pressas, correndo os olhos pela multidão em busca de mais alguém para subornar.

Quinze minutos antes da partida programada do ônibus, Breavman esgueirou-se para dentro de um dos ônibus vazios. Fechou os olhos e ficou ouvindo a confusão do lado de fora da janela. O que fazia no meio daquelas pessoas?

"Meu nome é Martin Stark. S maiúsculo, *t* minúsculo, *a* minúsculo, *r* minúsculo, *k* minúsculo. Sem *e*."

Breavman se virou.

No banco atrás dele, sentado todo rígido, havia um menino de uns doze anos. Seus olhos eram incrivelmente brancos, não naturalmente, mas como se tivesse se esforçando para mostrar o máximo de branco possível. O que lhe conferia uma expressão de quem acabou de ver uma catástrofe.

"Às vezes escrevo com um *e* e depois tenho que arrancar a página e começar tudo de novo."

Falava com uma voz monótona, mas excessivamente articulada em cada palavra, como se fosse uma aula de pronúncia.

"Meu nome é Breavman. *B* maiúsculo, *r* minúsculo, *e* minúsculo..."

Havia sido avisado sobre Martin, que seria um de seus monitorados. Segundo Ed, Martin era meio louco, meio gênio. A mãe tinha vergonha dele. Ou, pelo menos, nunca aparecia no Dia da Visita.

Hoje, Breavman soubera pelo garoto que ela chegara uma hora antes e o colocara no ônibus com ordens de não se mexer. Assim havia evitado encontrar os outros pais.

"Sou seu monitor este verão, Martin."

Martin não demonstrou nenhuma reação à informação. Continuou olhando para além de Breavman com uma espécie de terror vago e imperturbável. Tinha um rosto ossudo e um grande nariz romano. Como geralmente rangia os dentes quando não falava, as linhas da mandíbula eram bastante pronunciadas.

"Qual é a sua loja favorita?", perguntou Martin.

"Qual é a sua?"

"Dionne's. Qual é o seu estacionamento favorito?"

"Não sei. Qual é o seu?"

"O estacionamento da Dionne's."

As perguntas excitaram Martin porque agora ele falava sem tomar fôlego. "Quantas janelas tem no prédio da Dionne's?"

"Não sei, Martin. Quantas?"

"Em todos os lados?"

"Claro que em todos os lados. De que adianta saber o número de janelas só em um ou mesmo em três lados?"

Martin disse em triunfo um número. Breavman prometeu estupidamente que iria conferir da próxima vez que fosse ao centro.

"Quantos carros havia no estacionamento da Dionne's quinta passada?"

"Diga você."

Cinquenta campistas mirins invadiram o ônibus. Houve uma grande confusão de trocas e barganhas por lugares e a conversa de Breavman com o menino foi interrompida. Martin ficou sentado calmamente durante o trajeto, murmurando sozinho. Breavman soube mais tarde que ele gostava que lhe dissessem números de quatro algarismos para multiplicar.

Rumo ao norte, Breavman lhe perguntou: "Você gosta do interior?".

"Direi depois que investigar."

Trezentas bocas mastigando juntas fazem um bocado de barulho. Os bancos estavam sempre longe ou perto demais das mesas e exigiam complexos tipos de cooperação para acertar a posição. Quase deu um tapa num menino que soprava borbulhas no copo de leite.

Depois da refeição, Breavman e Ed fizeram uma apresentação, Breavman tirando acordes complicados que sabia que ninguém ouviria e Ed destruindo o registro mais agudo de sua gaita para soar acima da balbúrdia do refeitório.

Breavman, que sempre queria ouvir Händel tocando em sua cabeça, tocava as cordas de aço de um violão emprestado. Estava sem calos para suportar o contato das cordas com os dedos da mão esquerda.

Seus garotos e os de Ed dividiam um dormitório com beliches, e os monitores tinham uma área separada só para eles na mesma casa de madeira. Haviam resolvido adotar uma política de rigorosa disciplina nos primeiros dias. Então relaxariam e seriam bons sujeitos. Após uma conversa séria, os meninos foram direto para a cama, com exceção de Martin, que levou meia hora para urinar. Ed disse a todos que ficassem quietos de manhã mesmo que acordassem cedo.

Os monitores foram para os beliches, numa pesada atmosfera de controle. A voz estranha e entrecortada de Martin soou.

"Posso fazer número dois antes de dormir?"

"Sim, Martin."

"Posso assoar meu nariz?"

"Sem barulho."

"Posso escrever para o meu irmão?"

Ed se inclinou e sussurrou para Breavman: "Ele não tem irmãos".

Quando estavam todos dormindo, ele correu até a cozinha, onde havia um telefone. Ligou para Shell em Nova York. Queria ouvir a voz dela para esquecer aquele dia. Queria ouvi-la dizer "querido". Ligara para ela meia dúzia de vezes da cidade e gastara uma fortuna.

Não disse nada e esperou, lendo sem parar as instruções impressas da companhia telefônica. Uma voz interior gritava: Não vai funcionar, não vai funcionar.

Shell contou a ele como adorava Joseph Conrad.

Despediram-se suavemente, ambos sabendo que três minutos não davam para nada.

Ele escreveu por duas horas, descrevendo o dia em detalhes. As picadas de borrachudo no braço o distraíram e ele anotou isso. Sua jaqueta de índio era muito quente, mas não quis tirá-la. Anotou isso também.

SETE

Martin era fascinante. Percebeu que havia entendido errado sua expressão. Não se tratava de um terror vago, mas de um maravilhamento generalizado. Era uma criatura das mais raras, uma abençoada criança louca. As outras crianças entenderam sua preferência e tratavam-no com uma espécie de temor perplexo.

Certa tarde brincavam de fazer uma roda em torno de Martin e dizer números grandes para ele multiplicar.

Martin balançava para frente e para trás, como se rezasse, de olhos fechados. Batia nas coxas com as palmas das mãos enquanto pensava, como um pássaro esquisito tentando sair do chão, e emitia um zumbido como se a cabeça fosse uma máquina.

"Oi-oi-oi-oi-oi-oi-oi-oi-oi-oi..."

"Olha só para ele!"

"Oi-oi-oi-oi-oi-oi-oi-oi-oi..."

"Vamos com isso, Martin, meu filho!"

"Oitenta e um mil, novecentos e dezoito", anunciava, abrindo os olhos. Os meninos vibravam e o abraçavam.

Então reparou num pinheirinho. Ficou completamente imóvel, olhando fixo, e saiu da roda. Breavman foi atrás dele.

"Está tudo bem?"

"Ah, sim. Acho que é melhor eu contar isso."

Até a hora do jantar manteve-se compenetrado tentando descobrir quantas agulhas havia num pinheiro comum.

Krantz ficou irritado quando descobriu qual havia sido a atividade da tarde de Breavman.

"Não foi para isso que a senhora Stark pagou."

"Não?"

Era inacreditável que tivessem se colocado numa posição em que um castigasse o outro.

"Não para o filho dela ser usado como uma aberração de circo."

"Então ela pagou pelo quê?"

"Pare com isso, Breavman. Você sabe que não é saudável. Ela quer que o garoto seja como os outros – integrado, discreto. Já é difícil para ela do jeito que está."

"Certo, vamos obrigá-lo a jogar beisebol."

"Qualquer infração do regulamento será severamente punida, *Herr* Breavman."

OITO

Uma ferradura de colinas erguia-se atrás do dormitório. Numa delas, havia um anfiteatro com bancos de madeira e um palco. Era usado para peças de teatro, apresentações de música, e no Shabat como uma Casa de Orações.

> Quão formosas são as tuas tendas, ó Jacó,
> as tuas moradas, ó Israel!

Cantavam em hebraico, as vozes se mesclando à luz do sol. Era perfumado ali, pinheiros altos, fustigados pelo vento, negros. O acampamento todo reunido e vestido de branco.

É assim que ficamos bonitos, pensou, é a única hora – quando cantamos. Tropas de choque, guerreiros, bandos de escravos fedorentos, cidadãos exemplares – são toleráveis apenas quando as vozes se erguem em uníssono. Qualquer canção imperfeita aspira ao tema ideal.

Ed contou uma história maravilhosa de Sholem Aleichem sobre um rapaz que queria tocar violino mas era proibido pelos pais ortodoxos. Por um minuto Breavman achou que fosse exagerar, mas não, ele se levantou e dançou com um violino imaginário e todo mundo acreditou nele.

O mesmo Ed que apostara o corpo de uma menina.

Breavman ficou sentado pensando que jamais conseguiria fazer o mesmo, ser tão calmo e mágico. E era isso que queria ser: o herói galante do povo que viera para amar, o homem que conversava com os animais, o Baal Shem Tov* que levava crianças de cavalinho nas costas.

Jamais seria capaz de pronunciar uma palavra judaica com segurança.

"Krantz", ele sussurrou, "por que não deixavam a gente cruzar a linha?"

Doze rostos virtuosos fizeram psiu para ele.

Ainda assim, e sabia que era arrogância de sua parte, ele muitas vezes se considerava um judeu autêntico. O passado lhe havia mostrado experiências estranhas. Era grato por isso. Agora estendia essa experiência para o próprio povo.

O que era aquilo tudo afinal? Um homem solitário no deserto, implorando que um rosto se inclinasse para ele?

Anne fez uma dança hassídica, eliminando tudo o que havia de feminino em seu corpo com movimentos contidos, irônicos. Mas por

* Israel ben Eliezer nasceu em Okopy, então Polônia, hoje Ucrânia (1698-1760). Místico fundador do ramo hassídico do judaísmo. [N.T.]

alguns momentos estiveram em plena Europa, a pele pálida, esperando em ruas estreitas por milagres e a oportunidade de vingança que jamais teriam.

Depois do serviço do Shabat, uma borboleta pareceu segui-lo colina abaixo, sumindo quando deixou a área dos bosques e chegou ao abafado acampamento. Sentiu-se honrado com aquilo pelo resto do dia.

NOVE

"É tão difícil", disse a voz de Shell. "Todo mundo tem um corpo."

"Eu sei", disse Breavman. "E existe um momento durante certa noite em que a coisa mais urgentemente necessária é apenas um braço ao redor do nosso ombro."

"Estou contente que ainda possamos conversar."

A honestidade dela a obrigava a descrever suas tentações. Não queria esconder nada dele. Ambos entendiam o perigo dessa técnica: alguns humanos me desejam. Fique comigo ou eles ficarão.

Ele se apoiou na parede da cozinha escura e ficou ouvindo. Como era estranho alguém falar com ele tão suavemente! Como conseguira o milagre de arranjar alguém que falasse tão suavemente com ele? Era uma magia que, tinha certeza, nunca havia possuído, como ler os primeiros poemas de alguém. Mas ali estava o próprio nome sendo sussurrado.

Uma previsão sinistra surgiu em seu coração, de que iria levar a dona daquele sussurro a centenas de camas indiferentes até silenciá-la.

"Shell, vou para Nova York amanhã!"

"Você vai largar o acampamento?"

"Não há nada que me prenda aqui."

"Oh, Lawrence."

Chovia quando ele saiu, a voz dela ainda ressoando. Começou a dar voltas pelas quadras descobertas. Os pinheiros altos cercando o campo e as colinas pareceram-lhe uma bacia na qual estava imerso. Uma colina negra parecia tão associada a seu pai que mal conseguia olhá-la enquanto dava voltas e mais voltas, cambaleando feito bêbado.

As luzes elétricas enevoadas pela chuva isolavam o interior do exterior. Foi tomado por uma sensação indescritível de vergonha. Seu pai estava envolvido pelas serras, como um vento entre milhões de folhas molhadas.

Então ficou obcecado por uma ideia – tinha antepassados! Antepassados desde épocas remotas, como margaridas num colar. Fazia círculos e mais círculos na lama.

Tropeçou e caiu, de boca no chão. Permaneceu imóvel enquanto as roupas ensopavam. Uma coisa muito importante iria acontecer naquela arena. Tinha certeza disso. Não no ouro, nem na luz, mas naquela lama algo necessário e inevitável aconteceria. Precisava ficar para ver acontecer. Quando pensou em por que não estava com frio começou a tremer.

Mandou um telegrama engraçadinho explicando a Shell por que não poderia ir.

DEZ

Breavman recebeu uma carta da senhora Stark, mãe de Martin. Não era comum que os pais respondessem aos relatórios oficiais que os monitores eram obrigados a escrever.

> Caro senhor Breavman,
> Tenho certeza de que meu filho Martin está nas melhores mãos.

Não estou aflita e não espero mais receber nenhum informativo detalhado sobre o comportamento dele.

Sinceramente,

R. F. Stark

"O que disse a ela?", perguntou Krantz.

"Olha, Krantz, é que eu gosto do menino. Deu trabalho para escrever essa carta. Tentei mostrar que ele era um ser humano muito precioso."

"Ah, é?"

"O que eu ia dizer?"

"Nada. O mínimo possível. Já disse como ela é. Só dois meses por ano ela não precisa olhar todos os dias para ele e pode fingir que é um menino normal fazendo coisas normais com outros meninos normais num acampamento normal."

"O fato é que ele não é. Ele é muito mais importante do que isso."

"Muito bem, Breavman, é muita compaixão da sua parte. Mas guarde para você, certo? Fez isso para agradar a si próprio, Breavman, não a mãe do garoto."

Estavam na varanda da Administração. Krantz ia anunciar a Atividade da Noite pelos alto-falantes.

Krantz por acaso não sabia o mesmo que ele sobre Martin? Não, não sabia. E não sabia nada sobre o menino, mas o amava. Martin era um idiota divino. Certamente a comunidade deveria se considerar honrada por tê-lo entre os seus. Não era o caso de ter tolerância – as instituições deveriam ser construídas em torno dele, o tradicional oráculo incoerente.

Ao ar livre, temperado pelo diálogo, não soaria tão louco.

Krantz olhou para o relógio, que ele usava virado para baixo no pulso. Quando ia entrar, reparou numa figura de cabeça baixa na escuridão perto de uma fileira de arbustos lá embaixo, no gramado.

"Meu Deus, Breavman, é disso que estou falando."

Breavman foi caminhando depressa pelo gramado.

"O que está fazendo, Martin?"

"Vinte mil e vinte e seis."

Breavman voltou à varanda.

"Ele está contando grama."

Krantz fechou os olhos e deu um tapa no parapeito.

"E a sua atividade da noite, Breavman?"

"Gincana."

"Bem, leve-o para lá com o resto do grupo."

"Ele não quer saber de gincana."

Krantz se inclinou para frente e disse com um sorriso exasperado: "Convença-o. Aqui você deve agir assim".

"Que diferença faz se ele sai correndo atrás de jornal velho ou fica contando grama?"

Krantz desceu a escada, ajudou Martin a subir em suas costas e levou-o de cavalinho pelo campo afora, até onde o grupo de Breavman já estava reunido. Martin subiu todo contente e enquanto corriam enfiou os indicadores nos ouvidos sem motivo aparente, fechando os olhos, como que à espera de uma explosão que lhe estouraria os tímpanos.

Toda noite, antes de dormir, Martin costumava declarar como tinha se divertido naquele dia. Como se comparasse com algum ideal misterioso.

"Bem, Martin, como foi hoje?", perguntou Breavman, sentado na cama.

A voz mecânica nunca hesitava.

"Setenta e quatro por cento."

"E isso é bom?"

"Admissível."

Ele se admirava de como conseguia ficar imóvel.

Era mais imóvel do que a água que recebia o verde das montanhas.

Wanda estava tensa, fingindo escrever uma carta com o que restava da luz do dia. De modo que o cabelo loiro comprido não se encaixava exatamente na grande tradição dourada. Suas pernas de pelos loiros podiam ser idolatradas individualmente, mas amalgamadas não criavam beleza. No entanto, quantas coxas conseguia beijar ao mesmo tempo?

Se eu tivesse uma boca imensa de verdade.

Os borrachudos estavam cruéis. Passaram repelente. Wanda esticou o braço para ele, mas em vez de passar a loção devolveu o tubo a ela. A fantasia dele: passar a loção num frenesi cada vez maior por toda a carne dela.

Uma chuva leve varreu a superfície da água, velando-a com uma rede prateada. Às vezes ouviam vozes do acampamento, que estava todo reunido assistindo a um filme da cachorra Lassie.

A chuva passou e a superfície imóvel se recompôs.

"Nunca morei muito perto de um lago", disse Wanda, que gostava de andar descalça.

"Não venha com poesia, Wanda."

Indiferente, acariciou seu rosto e os cabelos, que eram mais macios do que imaginava.

Uma visão subjetiva subindo do ancoradouro como uma estrela alta e lenta mostrou-lhe a minúscula caixa de compensado onde duas figuras minúsculas (insetos acasalando?) faziam inevitáveis passos de balé um para o outro.

Wanda tentava se manter com a cabeça numa posição em que pudesse beijar os dedos que a acariciavam.

Por fim ele beijou seus lábios, boca, barriga, cada canto.

Então algo muito perturbador aconteceu.

O rosto dela se transformou no rosto da pequena Lisa, estava escuro no ancoradouro, e esse rosto se transformou num outro que ele não reconheceu, que se dissolveu no rosto de Bertha, talvez pelo cabelo loiro. Fixou o olhar para acabar com aquilo e voltar à menina que estava a seu lado.

Atacou com a boca os diferentes rostos que apareciam, sem se deter em nenhum. Wanda tomou o exercício por paixão.

Voltaram andando pela trilha. O céu tinha cor de malva. Uma lua surgiu de um delicado acúmulo de nuvens. A trilha estava macia de tantos milhões de agulhas de pinheiro. Martin talvez soubesse quantas.

Wanda espirrou. Tábuas úmidas.

"Foi tão tranquilo lá embaixo, tanta paz."

Breavman sentiu-se tentado a castigá-la pela cadência banal da frase contando da aposta por seu corpo.

"Você sabe qual é a ambição da nossa geração, Wanda? Todos queremos ser místicos chineses morando em cabanas de palha, mas sem deixar de transar com frequência."

"Você não consegue dizer nada que não seja cruel?", ela gritou ao se afastar correndo.

Ele ficou a noite inteira acordado castigando-se por tê-la magoado. Os passarinhos da manhã começaram. Na janela crescia uma luz cinza e fresca, as árvores ainda negras ao fundo. Pairava uma cerração leve na montanha, mas não quis acompanhá-la.

Alguns dias depois descobriu que havia pego o resfriado de Wanda. E não conseguia entender como os meninos do seu grupo podiam esfregar comida na cara uns dos outros. Faziam bolhas no leite, diluindo-o com baba, brigavam por sobras esculpidas de miolo de pão.

Breavman reparou em Martin. O menino não tinha comido nada. Krantz havia dito que ele deveria supervisionar de perto a dieta do garoto. Às vezes ele se envolvia em misteriosas greves de fome, cujos motivos jamais viriam a ser descobertos. Por isso Breavman queria abraçá-lo.

Sua cabeça estava completamente abarrotada. Os borrachudos eram cruéis. Foi se deitar com as crianças mas não conseguiu dormir.

Ficou ali deitado pensando bestamente em Krantz e Anne, e amorosamente em Shell.

A posição horizontal era uma armadilha. Aprenderia a dormir em pé, como os cavalos.

Coitados de Krantz e Anne no bosque. Por quanto tempo conseguiriam se deitar nus antes que os borrachudos os atacassem? As mãos dele teriam que deixá-la de lado para coçar a própria pele picada.

"Posso entrar?"

Era Wanda. Claro que podia entrar. Ele estava quieto em sua cama, não estava?

"Só quero explicar por que estou evitando você."

Ela apagou a luz para que tivessem alguma chance contra os borrachudos. Entrelaçaram os dedos enquanto ela falava. Pouco antes de puxá-la para si e beijá-la de leve, viu um vaga-lume no canto. Piscava aleatoriamente. Breavman tinha certeza de que estava quase morto.

"Por que está me beijando?"

"Não sei. Não foi para isso que vim aqui. Pelo contrário."

Estava muito interessado no vaga-lume. Não estava morto ainda.

"Como diabos você não sabe?"

Ela estava apalpando alguma coisa por baixo da blusa. "Você quebrou a alça do meu sutiã."

"Isso que chamo de uma boa conversa."

"É melhor que eu vá."

"Que você vá. Que ele vá. Que nós vamos. Que eles vão."

"Pelo jeito você não consegue conversar com ninguém."

E ele deveria se sentir triste por isso? Não. Ele se dedicaria à crise do vaga-lume. Os intervalos passaram a ser cada vez mais longos entre as piscadas frias. Era Sininho. Todo mundo devia acreditar em mágica. Ninguém acreditava em mágica. Ele não acreditava em mágica. A mágica não acreditava em mágica. Por favor, não morra.

Não morreu. Piscou ainda bem depois que Wanda foi embora. Piscou quando Krantz veio pedir a Ed a revista *Time*. Piscou enquanto ele tentava dormir. Piscou enquanto escrevia seu diário no escuro.

Buááááááááá, choravam todas as criancinhas.

DOZE

Eram três da manhã e Breavman estava contente porque todos dormiam. Era mais arrumado daquele jeito, monitores e monitorados, cada um em seu beliche, fileira após fileira. Quando estavam acordados eram possibilidades demais, egos a encontrar, rostos a interpretar, mundos a penetrar. A variedade era confusa. Era muito difícil encontrar outra pessoa. Uma comunidade é um álibi para o fracasso do amor individual.

Uma noite clara, fria o bastante para fazer vapor com a respiração. A paisagem parecia em íntima conexão com o céu, como se estivesse sendo mantida pelas estrelas altas e geladas. Árvores, serras, casas de madeira, até mesmo uma nuvem baixa de neblina, estavam todas presas à rocha do planeta. Parecia que nada jamais se moveria, nada jamais poderia interromper o sono geral.

Breavman caminhou, quase marchou, entre as cabanas preenchidas de preto. Estava exultante por ser o único agente livre no mundo congelado. Wanda estava dormindo, com seu cabelo descolorido. Martin estava dormindo, com a mandíbula relaxada, em casa com seu terror. Anne estava dormindo, uma dançarina sem ensaio. Krantz estava dormindo. Certamente sabia como Krantz dormia, como seus lábios se pronunciavam toda vez que expirava o ronco irregular.

Dissolveu as paredes na cabeça enquanto passava entre elas e fez o inventário do isolamento de cada forma. O sono noturno era estranhamente sem graça. Reparara na expressão gananciosa de alguém dormindo, a mesma de um comensal solitário num banquete. No sono, todo homem é filho único. Viravam-se, mudavam de lugar, levantavam um braço ou uma perna, erguiam o cotovelo, viravam de novo, mudavam de posição de novo, uma série de siris, cada um em sua praia branca particular.

Toda ambição, energia, velocidade, individualidade estava embalada em serragem, como enfeites de Natal fora de época. Cada forma, tão solícita em potência, estava trancafiada numa luta no quarto de brinquedos muito longe dali. E parecia que a noite, tão penetrante e tranquila, o mundo físico, esperaria imóvel até que todos voltassem.

Vocês estão perdidos, Breavman disse a eles em voz alta. É um torneio de hipnose, esta vidinha nossa, e eu venci.

Resolveu dividir o prêmio com Krantz.

A tela da janela acima da cama de Krantz estava abaulada. Quando Breavman bateu do lado de fora, fez-se um minitrovão.

O rosto dele não apareceu. Breavman bateu de novo. A voz incorpórea de Krantz começou a falar, monótona.

"Você deve estar pisando nas flores, Breavman. Se olhar para baixo, vai descobrir que está pisando num canteiro de flores. Por que está pisando nas flores, Breavman?"

"Krantz, escuta isto: O último refúgio do insone é um senso de superioridade sobre o mundo sonolento."

"Muito boa, Breavman. Boa noite."

"A última superioridade do refúgio é um senso sonolento sobre o mundo insone."

"Oh, excelente."

"O mundo do refúgio da superioridade é o último senso de sonolência do insone."

"Hmmmm. Certo."

Ouviu-se um ranger de molas e Krantz apareceu na janela.

"Olá, Breavman."

"Pode voltar a dormir agora, Krantz. Só queria acordar você."

"Bem, pode também acordar o acampamento inteiro. Acorde o acampamento, Breavman! É a grande noite."

"Do quê?"

"Da Cruzada das Crianças. Vamos marchar sobre Montreal."

"Quer dizer que existe um motivo para toda essa disciplina? Desculpe, Krantz, eu deveria saber."

Planejaram o ataque a Montreal e o subsequente martírio com um entusiasmo sinistro. Depois de quatro minutos de conversa, Breavman desandou a fantasiar.

"Isso é para mim, Krantz? Algum tipo de terapia de caridade?"

"Vá se danar, Breavman!"

A cama rangeu de novo e em alguns segundos Krantz estava do lado de fora, vestindo um robe e com uma toalha no pescoço.

"Vamos dar uma volta, Breavman."

"Você estava brincando comigo, Krantz."

"Não entendo como pode ser tão sensível num instante e no outro tão completamente cego. Admito. Estava dormindo e tive vontade de mandar você pastar. Além disso, Anne estava comigo."

"Sinto muito, eu..."

"Não, quero conversar com você. Venho tentando conversar com você há semanas."

"Sobre o quê?"

"Você está ficando completamente inacessível, Breavman. Para mim, para todo mundo..."

Pararam ao lado das canoas guardadas, conversando, ouvindo a água. A areia estava molhada e fazia muito frio para ficar ali, mas nenhum deles quis cortar a comunicação que havia começado, e que ambos sabiam ser frágil.

A neblina ao longo da orla começou a engrossar com fiapos serpeantes se enovelando, e a borda do céu clareou até ficar azul-royal.

Cada um falou sobre sua garota, um tanto solenemente, omitindo com cautela qualquer informação sexual.

Observava Martin limpar o nariz, o grande nariz romano que deveria ter conduzido campanhas históricas mas que só queria saber de contar grama e agulhas de pinheiros.

Toda manhã Martin se levantava meia hora mais cedo para cumprir o ritual.

Palitos, algodão, vaselina, espelhos.

Breavman perguntou por quê.

"Gosto de ter um nariz limpo."

Martin pediu a Breavman que mandasse uma carta para seu irmão. A senhora Stark tinha dado instruções expressas de que interceptassem e destruíssem essas cartas. Breavman leu-as e se sentiu ainda mais próximo da angústia do menino.

Caro Valentão gordo e sujo,

Recebi suas últimas 34 cartas e vi num segundo milhões de mentiras. Espero que morra de fome e o seu pinto quebre no meio com muitos gritos e que saiam insetos de dentro depois do que você contou a ela sobre mim. Por que não enche a boca de toalhas e giletes? A mamãe não é uma caveira idiota, ela deu uma olhada com a lanterna e leu as merdas venenosas que você me escreveu embaixo das cobertas.

Ame o seu irmão,

Martin Stark

QUATORZE

Dia de folga. Apesar do calor dentro do ônibus ele ficou exultante por estar de volta a Montreal. Mas quem foram os desgraçados que demoliram as melhores partes da cidade?

Foi visitar a mãe, incapaz de fazê-la entender que estivera fora. O mesmo horror de sempre.

Caminhou pela Sherbrooke Street. As mulheres de Montreal eram bonitas. A partir de minúsculos tornozelos, as pernas disparavam para cima como mísseis teleguiados em atmosferas de alturas singulares.

Formou loucas teorias sobre barras de saia e pregas.

Pulsos, brancos e velozes como estrelas cadentes, enfiaram-no em buracos para os braços. Hoje à noite teriam que escovar seus olhos para tirar aqueles pelos.

Plantou centenas de mãos em decotes, como dinheiro escondido. Sendo assim ligou para Tamara.

"Venha para cá, velhinho, meu velho."

Cheiro de terebentina. Outra rodada de autorretratos agonizantes. "Tamara, você é a única mulher com quem consigo conversar. Nas duas últimas semanas fui dormir com a sua boca na minha mão."

"Como foi o acampamento? Como está Krantz?"

"Próspero. Mas nunca vai chegar a ser um filisteu misericordioso."

"Você está com um cheiro delicioso. E está todo bronzeado. Hmmmm."

"Sejamos imoderados."

"Uma boa ideia em qualquer situação."

"Vamos louvar nossas genitálias. Você também não odeia essa palavra?"

"Para mulher. É boa para o homem. Parece algo solto – coisas penduradas. Penso em um candelabro."

"Você é demais, Tamara. Meu Deus, gosto de estar com você. Posso ser o que eu quiser."

"Eu também."

Ao passo que Shell, uma caixa de presente sempre aberta, ocorreu-lhe, forçava-o a uma espécie de nobreza.

"Vamos aproveitar tudo."

Saíram do quarto às cinco da manhã para comer fartamente no China Gardens. Rindo feito maníacos, deram comida na boca um do outro com os pauzinhos e resolveram que estavam apaixonados. Os garçons ficavam olhando. Nem se incomodaram de limpar a tinta.

Voltando a pé, conversaram sobre Shell, sobre como era bonita. Ele perguntou a Tamara se ela se importaria que ele telefonasse para Nova York.

"Claro que não. Ela é uma outra coisa."

Shell estava dormindo mas ficou contente de falar com ele. Falou com uma voz de garotinha. Ele disse que a amava.

Pegou o primeiro ônibus de volta ao acampamento. Eterna Tamara, foi andando com ele até o terminal. Depois de uma hora de sono chamou aquilo de verdadeira afeição.

QUINZE

Agora devemos olhar mais de perto o diário de Breavman.

> Sexta-feira à noite. Shabat. Música de ritual nos alto-falantes. Santo, santo, santo, senhor Deus dos Exércitos. A terra está plena da tua glória. Se pudesse apenas pôr um fim ao meu ódio. Se pudesse acreditar no que escreveram e envolveram em seda e coroaram com ouro. Quero escrever a palavra.

Nossos corpos estão bronzeados. Todas as crianças vestidas de branco. Faz com que estejamos aptos para louvar.

Leva-me de volta para casa. Constrói outra vez minha casa. Que eu faça em ti minha morada. Toma minha dor. Já não posso usá-la. Ela não dá beleza a mais nada. Transforma as folhas em cinzas. Polui a água. Transforma o teu corpo em pedra. Vida santa. Deixa-me vivê-la. Não quero odiar. Deixa-me prosperar. Deixa prosperar em mim o teu sonho.

Irmão, me dê o seu carro novo. Quero ir aonde está o meu amor. Em troca, dou esta cadeira de rodas. Irmão, me dê todo o seu dinheiro. Quero comprar tudo o que meu amor quiser. Em troca, ofereço a cegueira para que você possa viver o resto da vida com o controle absoluto sobre todo mundo. Irmão, me dê sua esposa. É ela quem eu amo. Em troca, mandei todas as prostitutas da cidade darem a você crédito infinito.

Tu. Ajuda-me a trabalhar. Todas as obras das minhas mãos pertencem a ti. Não deixe minha oferta parecer tão sem valor. Não me enlouqueça. Não me deixe delirar com teu nome.

Não gosto de outra carne senão a minha.

Leva-me para longe da segurança. Não há segurança onde estou.

Como poderei dedicar meus dias a ti? Agora finalmente eu disse. Como poderei dedicar meus dias a ti?

DEZESSEIS

Amada Shell,

Seu brinco de jade filigranado em prata. Imaginei esse brinco na sua orelha. Então imaginei sua cabeça de perfil e os cabelos por onde o vento caminha. Depois o seu rosto. Por fim toda a sua beleza.

Então me lembrei da sua suspeita sobre a dádiva da beleza, então louvei sua alma, você que é a única em quem acredito.

Descobri que a beleza dos seus olhos e da sua carne eram simplesmente as roupas cotidianas da alma. Virou música quando perguntei o que vestiria no Shabat.

Todo meu amor, querida,

Lawrence

DEZESSETE

Anne e Breavman trabalhavam juntos à noite. Sentaram nos degraus de um dos dormitórios esperando os monitores.

Sim, sim, Krantz tinha ido à cidade para resolver assuntos do acampamento.

A trança dela era grossa como um rio caudaloso. Vaga-lumes, alguns altos como o topo dos pinheiros, alguns junto às raízes.

Eis meu poema para você.

Não te conheço, Anne.
Não te conheço, Anne.
Não te conheço, Anne.

O tema eterno: pequenos mosquitos e mariposas atirando-se contra a lâmpada acesa.

"É o tipo de noite em que gostaria de ficar bêbada", ela disse.

"Eu gostaria de ficar sóbrio."

Começou uma chuva fina. Ele virou para cima, tentando se entregar.

"Vou caminhar."

"Posso ir junto? Não fico sem graça de me convidar porque sinto como se conhecesse você. Krantz me contou tanta coisa."

Choveu por dez segundos. Desceram a estrada até o vilarejo. Pararam onde o perfume dos pinheiros era mais intenso. Ele se pegou balançando para frente e para trás como se estivesse numa sinagoga. Desejava-a, e, quanto mais a desejava, mais se tornava parte da neblina e das árvores. Nunca vou me livrar disso, disse a si mesmo. Eis onde ficarei. Gosto do cheiro. Gosto de ficar assim perto, assim longe. Sentiu que estava criando a neblina. Saía vapor de seus poros.

"Posso voltar se quiser ficar sozinho."

A resposta demorou mil anos.

"Não, é melhor nós dois irmos juntos."

Ele não se mexeu.

"O que foi isso?", Anne perguntou ouvindo um barulho.

Ele contou a ela sobre as andorinhas, que moravam nos penhascos, nos celeiros. Sabia tudo sobre andorinhas. Havia se disfarçado de andorinha e vivera entre elas para aprender seus costumes.

Estava perto dela mas não recebia sinal do radar para abraçá-la. Saiu logo. Voltou. Puxou-lhe a trança. Grossa, como havia imaginado. Voltou a correr dali e arrancou um galho do arbusto da beira da estrada.

Agitou-o loucamente, estraçalhando a folhagem. Foi batendo no chão perto dos pés dela. Ela foi dançando, dando risada. Levantou poeira até a altura do joelho. Mas os arbustos seriam atacados de novo, os troncos das árvores, a relva baixa amarelada, branca na noite. Depois mais poeira subiu enquanto espetava seus tornozelos com o galho. Quis levantar a poeira até cobri-los, fatiar os corpos com golpes agudos.

Ela fugiu dele. Ele correu atrás dela, chicoteando-lhe as panturrilhas. Os dois rindo aos berros. Ela foi correndo até as luzes do acampamento.

DEZOITO

Querida Anne
queria ver
seus pés
quando você estiver
nua.

Que ele entregou a ela várias centenas de vezes com seus olhos sem pensar.

DEZENOVE

"Cinquenta centavos para colocar a mão na virilha dela."

Krantz provocava Breavman oferecendo Anne em parcelas. Breavman não gostou, mas riu da piada.

"Um mamilo praticamente novo por três pilas?"

Oh, Krantz.

Haviam brigado sobre o modo como Breavman tratava Martin. Breavman se recusara categoricamente a forçar o menino a participar das atividades em grupo. Arriscara o emprego por isso.

"Você sabe que não conseguiríamos alguém para substituí-lo a essa altura da temporada."

"Nesse caso, você vai ter que me deixar lidar com ele do meu jeito."

"Não digo que tenha que obrigá-lo, mas sou capaz de jurar que você o encoraja a ir na outra direção."

"Gosto da loucura dele. Ele gosta da própria loucura. Martin é a única pessoa livre que já conheci. Nada que qualquer outra pessoa faça é tão importante quanto o que ele faz."

"Você está falando um monte de bobagens, Breavman."

"Provavelmente."

Então Breavman decidiu que não poderia mais fazer um sermão para o acampamento no sábado de manhã cedo quando chegasse sua vez. Não tinha nada a dizer para ninguém.

Krantz fez cara de sério.

"Você cometeu um erro vindo para cá, não foi?"

"E você se enganou me convidando. Nós dois queríamos provar coisas diferentes. Agora sabe que está por sua conta, Krantz."

"Sim", disse ele devagar. "Eu sei."

Foi um momento, um verdadeiro encontro, e Breavman não tentou prolongá-lo como garantia. Havia se preparado para o deleite das frações. "O que mais amas permanece, o resto é escória."

"É claro que sabe que está se identificando com Martin e está se isolando ao permitir que ele se separe do grupo."

"Sem jargão, Krantz, por favor."

"Eu me lembro de tudo, Breavman. Mas não consigo assim."

"Bom."

Mais tarde Breavman foi obrigado a rir quando Anne se juntou a eles e Krantz disse: "A bunda está uma pechincha".

VINTE

À noite, ele estava parado na varanda do refeitório. Krantz ia pôr um disco para tocar.

"Ei, Anne, você quer Mozart, a Quarenta e nove?", ele gritou. Ela foi correndo até ele.

Breavman viu que havia trevos na grama, uma descoberta, e neblina passando pelos topos das montanhas baixas, como a luz se apagando numa foto. Ondulações no lago iam na mesma direção da neblina, do negro ao prateado e depois negro de novo.

Ele não movia um músculo, não sabia se estava em paz ou paralisado.

Steve, o motorista húngaro do trator, passou por baixo da sacada, pegando uma flor branca de um arbusto. Nivelavam um terreno para fazer outro campo aterrando um charco.

Um apito de passarinho soou agudíssimo. Uma porta rangeu lá embaixo ao lado dos pinheiros mais grossos.

London Bridge is falling down
falling down
falling down

um grupo de crianças cantava.

Lá embaixo na trilha das agulhas de pinheiro, Martin, imóvel como Breavman, fazia com o braço estendido uma saudação ao estilo fascista, com a manga arregaçada.

Esperava os mosquitos pousarem.

Martin tinha agora uma nova obsessão. Nomeara-se Carrasco dos Mosquitos, contando-os enquanto os matava. Não havia nervosismo na técnica. Estendia os braços e os convidava. Quando um deles pousava, pronto! Lá vinha a outra mão. "Odeio você", ele dizia a cada um individualmente, e anotava a estatística.

Martin viu seu monitor parado na sacada.

"Cento e oitenta", disse como uma saudação.

Mozart veio com toda força pelos alto-falantes, costurando tudo o que Breavman observava. Tecendo, casando as duas figuras inclinadas sobre os discos, tudo o que a música perpassasse, a criança presa sob os braços do par que fazia a London Bridge, o topo da montanha dissolvendo-se na neblina, um balanço vazio movendo-

-se como um pêndulo, a fileira de canoas vermelhas brilhantes, os jogadores posicionados sob a cesta, pulando atrás da bola feito uma foto estroboscópica de uma gota de água – tudo o que era perpassado se congelou numa imensa tapeçaria. Ele estava nela, uma figura humana junto ao parapeito.

VINTE E UM

Desde que sua missão contra os mosquitos começara, as porcentagens de aproveitamento de Martin só fizeram aumentar. Todos os dias passaram a ser noventa e oito por cento. Os outros meninos adoravam-no e fizeram dele o mascote da turma, para ser mostrado aos visitantes e admirado. Martin continuava fazendo suas apresentações inocentemente. Passava quase todas as tardes no charco onde os tratores vinham preparando novos campos para atividades. O braço dele estava inchado de picadas. Breavman aplicou calamina.

Na folga seguinte, Breavman pegou uma canoa e foi para o lago. Pássaros-pretos-de-asas-vermelhas surgiram e pousaram nos juncos. Ele abriu à força um talo de nenúfar. Tinha veios de espuma roxa.

O lago estava plácido como vidro. Distinguia alguns sons do acampamento de vez em quando, os alto-falantes anunciando a Natação; música gravada chegava através da floresta e fazia vibrar a água.

Desceu pelo córrego até onde podia, antes que os bancos de areia o detivessem. A única indicação de correnteza eram as algas inclinadas. Moluscos de concha preta e cobertos de lodo – uma comida suja. Um respingo de água, e o corpo verde esticado de uma rã passou sob a canoa. O sol baixo ofuscava. Ao remar de volta ao acampamento, o remo parecia de ouro.

Fez uma fogueira, abriu o saco de dormir sobre o musgo e se preparou para olhar o céu.

O sol é sempre parte do céu, mas a lua é uma estrangeira esplêndida e remota. A lua. Os olhos se voltam para ela como para uma mulher bonita num restaurante. Pensou em Shell. Ao mesmo tempo que se achava seguro para viver sozinho, achava que poderia morar com Shell.

A neblina passava lentamente sobre o reflexo das bétulas; agora amontoada como neve ao vento.

Quatro horas depois ele acordou assustado e pegou o machado.

"Sou eu, Martin Stark", disse Martin.

A fogueira ainda estava acesa, mas não iluminava muito. Ele apontou a lanterna para o rosto do menino. Uma das faces tinha um arranhado feio causado pelos galhos, mas o menino mostrava um sorriso aberto.

"Qual é a sua loja favorita?"

"O que está fazendo aqui no meio da noite?"

"Qual é a sua loja favorita?"

Breavman cobriu o menino com o saco de dormir e fez um carinho em seu cabelo.

"A Dionne's."

"Qual é o seu estacionamento favorito?"

"O estacionamento da Dionne's."

Terminado o ritual, Breavman arrumou as coisas, colocou-o na canoa e partiu em direção ao acampamento. Não queria pensar no que poderia ter acontecido se Martin não o tivesse encontrado. Aquele arranhão precisava de iodo. E parecia que algumas picadas haviam infeccionado.

Foi bonito remar de volta, juncos roçando o fundo da canoa e transformando-a num grande e delicado tambor. Martin era um chefe indígena de cócoras ao lado dele, coberto com o saco de dormir. O céu exibia continentes de fogo.

"Quando eu voltar para casa", disse Martin em voz alta, "os ratos vão me comer."

"Sinto muito, Martin."

"Centenas e centenas de ratos."

Quando Breavman viu as luzes do acampamento, sentiu uma grande vontade de seguir adiante, continuar remando pelo lago com o menino, e passar a noite em algum ponto da orla entre as bétulas desfolhadas.

"Fale baixo, Martin. Vão nos matar se nos ouvirem."

"Por mim tudo bem."

VINTE E DOIS

Verde? Bege? No ônibus, ele tentava se lembrar da cor do quarto da mãe. Assim conseguia evitar pensar sobre ela deitada ali dentro. Alguma cor cuidadosamente recomendada por um congresso médico.

Ela fica o tempo todo nesse quarto. Tem uma boa vista da face sul do monte Royal. Na primavera sente-se o perfume dos lilases. Dá vontade de arrancar fora a janela para sentir melhor o perfume, mas não dá. A janela só vai até certo ponto. Não querem suicidas estragando a grama.

"Já faz algum tempo que não o vemos por aqui, senhor Breavman", disse a enfermeira-chefe.

"Não é mesmo?"

A mãe olhava para o teto. Ele também olhou para cima. Talvez alguma coisa estivesse acontecendo ali e ninguém soubesse.

As paredes eram pintadas de cinza.

"Você está se sentindo melhor, mãe?", ele puxou assunto.

"Se estou me sentindo melhor? Melhor por quê? Porque graças a você não tenho que sair mais lá fora, porque posso ficar deitada aqui, neste quarto, do lado de gente louca, a sua mãe num manicômio..."

"Você sabe que não é isso, mãe. É só um lugar onde pode descansar..."

"Descansar?! Como posso descansar sabendo o que sei? Um filho traidor, você acha que não sei onde estou? Com essas injeções e esses modos educados deles, uma mãe assim e ele vai embora para nadar..."

"Mas, mãe, ninguém aqui quer machucá-la..."

O que estava fazendo, tentando discutir com ela? Ela estendeu um braço e tateou em busca de alguma coisa na mesa de cabeceira, mas haviam tirado tudo dali.

"Não interrompa a sua mãe, já não sofri o bastante? Um homem doente por quinze anos, você não sabe? E eu não sei, eu não *sei*...?"

"Mãe, por favor, não grite..."

"Ah! Ele tem vergonha da mãe, a mãe vai acordar os vizinhos, a mãe vai apavorar as namoradinhas gentias dele, traidor! O que vocês todos fizeram comigo! Uma mãe tem que calar a boca, que bonito, vim linda da Rússia, as pessoas olhavam para mim..."

"Quero conversar com você..."

"As pessoas conversam comigo, mas e o meu filho, fala comigo? O mundo inteiro sabe que estou aqui feito uma pedra, uma belezura, me chamavam de russinha linda, mas o que fiz para o meu filho, para tratar a mãe assim, nem posso pensar, você vai ter o mesmo tratamento do seu filho, tão certo como hoje é terça-feira, você vai ter do seu filho o mesmo que está fazendo comigo, um rato na minha própria casa, não dá para acreditar na minha vida, que isso ia me acontecer um dia, sempre fui tão boa para os meus pais, a minha mãe teve câncer, o médico tirou o estômago dela, e alguém tentou me ajudar? O meu próprio filho mexeu um dedo? Câncer, câncer! Tive que ver tudo, tive que desperdiçar a minha vida para cuidar de gente doente, isso não é vida, ver essas coisas, o seu pai mataria você, o meu rosto está envelhecido, não me reconheço mais quando olho no espelho, de tanta ruga onde havia beleza..."

Ele se recostou na cadeira, sem tentar interferir de novo. Se ela o deixasse falar, não ouviria. Ele realmente não sabia o que seria capaz de dizer se soubesse que ela ouviria.

Tentou deixar a mente divagar, mas se detinha a cada detalhe absurdo esperando a hora passar.

Bateu à porta de Tamara por volta das dez horas. Ouviu alguns sussurros trocados lá dentro. Ela perguntou: "Quem é?".

"Breavman do norte. Mas você está ocupada."

"Estou."

"Certo, boa noite."

"Boa noite."

Boa noite, Tamara. Tudo bem compartilhar sua boca. Ela pertence a todos, como um parque.

Escreveu duas cartas para Shell e depois lhe telefonou para conseguir dormir.

VINTE E TRÊS

A turma de Ed devia vencer o jogo de beisebol.

As linhas do campo haviam sido marcadas com bandeiras israelenses.

Que direito ele tinha de se ressentir por usarem o símbolo? Não estava gravado em seu escudo.

Um menino brandia uma Pepsi, torcendo pelo time.

Breavman serviu cachorro-quente. Estava contente por ter aprendido a suspeitar que os vizinhos gentios eram sujos, e a não acreditar em bandeiras. Agora podia aplicar esse treinamento à própria tribo.

Uma rebatida para fora do campo.

Mandem as crianças para as academias em Alexandria. Não se surpreendam depois se voltarem alexandrinos.

Três vivas. *Mazel tov*.

Olá, Canadá, Canadá grande, seu bobo, de belos recursos naturais. Todo mundo é canadense. O disfarce de judeu não vai funcionar.

Quando foi a vez de Ed ser juiz, Breavman atravessou o campo e observou Martin matar mosquitos. O motorista do trator já o conhecia bem porque vinha sempre ver Martin cumprir sua missão.

O menino tinha matado mais de seis mil mosquitos.

"Vou matar alguns para você, Martin."

"Esses não vão entrar na minha conta."

"Então vou começar a minha conta."

"Vou ganhar de você."

Os pés de Martin estavam molhados. Algumas picadas estavam mesmo infeccionadas. Devia mandá-lo de volta ao dormitório, mas ele parecia estar se divertindo plenamente. Todos os dias para ele eram agora noventa e nove por cento.

"Duvido que comece a contar os seus."

Ao acompanhar os grupos de volta ao acampamento, Ed disse: "Não só perdeu o jogo, Breavman, como me deve cinco dólares".

"Por quê?"

"Wanda. Ontem à noite."

"Oh, meu Deus. A aposta. Tinha me esquecido."

Ele abriu o diário e pagou satisfeito o dinheiro.

VINTE E QUATRO

Todos os dias eram ensolarados e os corpos estavam todos bronzeados. Tudo o que via era areia e carne exposta, maravilhando-se com o branco macio da cidade quando uma alça caía. Queria todas as estranhas sombras da carne.

Quase não olhava mais para o céu. Um pássaro voejando baixo sobre a orla surpreendeu-o. Um dos concertos de Brandemburgo ribombava nos alto-falantes. Estava deitado de costas, olhos fechados, esquecendo-se de si no calor, na claridade, na música. De repente alguém se agachou junto dele.

"Deixe-me apertar", dizia a voz de Anne.

Ele abriu os olhos e estremeceu.

"Não, deixa que eu espremo", riu Wanda.

Tentavam tirar um cravo da testa dele.

"Deixem-me em paz", ele berrou feito um maníaco.

A violência da reação dele as deixou estupefatas.

Fingiu um sorriso, esperou um pouco e foi embora da beira do lago. O dormitório estava fresco demais. O ar da noite não havia evaporado. Deu uma olhada no cubículo de madeira. O saco de roupa suja estava lotado. Tinha se esquecido de mandar lavar. Aquilo não estava certo. Não para ele. Havia um pacote de bolachas Ritz no parapeito da janela. Não era assim que devia se alimentar. Pegou o diário. Não era assim que devia escrever.

VINTE E CINCO

Martin Stark foi morto na primeira semana de agosto de 1958. Atropelado por acidente pelo trator que limpava o charco. O motorista, o húngaro chamado Steve, não soube que atingira algo diferente dos tocos, raízes e pedras de sempre. Provavelmente Martin estava escondido entre os juncos para encurralar melhor os inimigos.

Quando ele não apareceu para o jantar, Breavman achou que poderia estar lá. Pediu a um dos monitores que sentasse em seu lugar. Caminhou distraidamente até o charco, contente por ter uma desculpa para sair do refeitório barulhento.

Ouviu um ruído vindo dos arbustos. Imaginou que Martin o tivesse visto chegar e quisesse brincar de esconder. Tirou os sapatos e entrou no charco. Ele estava horrivelmente esmagado, um rastro de trator atravessando suas costas. Estava de bruços. Quando Breavman virou-o para cima, a boca estava cheia de vermes.

Breavman voltou ao refeitório e contou a Krantz. O rosto dele ficou pálido. Resolveram que era melhor que as crianças não ficassem sabendo e que o corpo fosse removido em segredo. Krantz foi ao charco e voltou minutos depois.

"Você fica lá até todo mundo dormir. Ed vai cuidar do seu grupo."

"Quero ir para a cidade com o corpo", disse Breavman.

"Vamos ver."

"Não, não vamos ver nada. Vou com o Martin."

"Breavman, vá já para lá e não discuta comigo numa hora dessas. Qual é o seu problema?"

Ficou de guarda por algumas horas. Ninguém apareceu. Os mosquitos estavam terríveis. Ficou pensando no que fariam com o corpo. Estava coberto de mosquitos quando o havia encontrado. Não havia quase lua. Podia ouvir os mais velhos cantando ao redor da fogueira. Por volta de uma da manhã, a polícia e a ambulância chegaram. Trabalharam com a luz dos faróis.

"Vou com ele."

Krantz havia acabado de falar com a senhora Stark ao telefone. Ela se mantivera impressionantemente calma. Dissera até que não os processaria por negligência criminosa. Krantz estava muito abalado.

"Certo."

"Não vou voltar mais."

"Como assim, não vai voltar? Não começa, Breavman."

"Estou me demitindo."

"Tem mais três semanas de acampamento. Não tenho ninguém para substituí-lo."

"Não quero nem saber."

Krantz agarrou o braço dele.

"Temos um contrato, Breavman."

"Dane-se o contrato. Não precisa me pagar."

"Seu desgraçado metido a besta, numa hora dessas..."

"E você me deve cinco dólares. Fiquei com a Wanda primeiro. Dia onze de julho, se quiser ver no meu diário."

"Pelo amor de Deus, Breavman, do que está falando? O que você está dizendo? Não percebe a situação? Não vê o que está acontecendo? Uma criança foi morta e você falando sobre uma transa..."

"Uma transa. Foi você quem usou essa palavra. Cinco dólares, Krantz. Depois vou dar o fora daqui. Nem deveria estar aqui..."

Foi impossível dizer quem deu o primeiro soco.

VINTE E SEIS

NÃO ESPREMA NADA DO CORPO QUE NÃO DEVE NADA A VOCÊ estava escrito no diário.

Ele datilografara isso no ônibus para Montreal, com a máquina nos joelhos.

Era o pior trecho da estrada, placas, postos de gasolina, a nuca do motorista, e ele cozinhando na camisa sintética.

Se pelo menos a morte viesse levá-lo, atravessasse toda a sujeira, se o dignificasse.

O que cantavam no final do livro?

> Força! Força! Vamos nos renovar!

Jamais saberia os nomes das árvores por que passavam, jamais aprenderia coisa alguma, sempre confrontaria um mistério preguiçoso. Queria ser o parente alto de luto que aprende tudo na hora.

Sinto muito, pai, não sei o nome científico das borboletas, não sei de que pedra é feito o belvedere.

O motorista estava tendo problemas com a porta. Talvez não abrisse. Como seria morrer sufocado numa camisa de tecido sintético?

VINTE E SETE

Amada Shell,

Vou demorar um pouco para contar.

São duas da manhã. Você está dormindo entre os lençóis de listras verdes que compramos juntos e sei exatamente como está o seu corpo. Você está deitada de lado, joelhos dobrados como os de um jóquei, e provavelmente jogou o travesseiro no chão e o seu cabelo parece uma caligrafia, e uma mão está em concha perto da boca enquanto um braço se estende para fora como uma gávea, e os dedos estão inertes como coisas à deriva.

É maravilhoso poder falar com você, minha querida Shell. Posso estar em paz porque sei o que quero dizer.

Tenho medo da solidão. Visite um manicômio ou uma fábrica, entre num ônibus ou num café. Em toda parte as pessoas vivem na mais completa solidão. Tremo de pensar em todas as vozes que se erguem solitárias, anzóis aspirando ao céu como numa loteria. E os corpos envelhecendo, corações começando a falhar como velhas sanfonas, problemas renais, esfíncteres frouxos como elásticos velhos. Está acontecendo conosco, com você debaixo das listras verdes. Faz com que eu queira pegar sua mão. E este é o milagre pelo qual todas as *jukeboxes* devoram moedas. Que possamos protestar contra esse massacre indiferente. Pegar sua mão é um protesto muito bom. Queria que estivesse ao meu lado agora.

Hoje fui a um enterro. Não era o jeito certo de enterrar uma criança. A morte verdadeira dele contrastava brutalmente com o lenga-lenga sagrado da capela. As belas palavras não encaixavam nos lábios do rabino. Não sei se algum homem moderno está preparado para enterrar uma pessoa. A tristeza da família era verdadeira, mas a capela com ar-condicionado conspirava contra sua expressão. Senti-me péssimo e sufocado porque não tinha nada a dizer ao cadáver. Quando levaram embora o caixãozinho, achei que o menino havia sido tapeado.

Não aprendi nenhuma lição. Quando ler meu diário verá como estou perto do assassinato. Não posso nem pensar nisso ou vou acabar parando. Quero dizer, literalmente. Não consigo mexer um músculo. Só sei que algo prosaico, o mundo confortável, foi irrevogavelmente destruído, e algo importante está garantido.

Um fedor religioso paira sobre esta cidade e todos o inspiramos. O serviço segue em frente no Oratório St. Joseph, o domo de cobre continua de pé. O Templo Emmanuel dá início a um fundo para construção. Um fedor religioso composto de relicários mofados e bafios de tabernáculo, grinaldas fenecidas e mesas podres de bar mitzvah. Tédio, dinheiro, vaidade e culpa envolvem os púlpitos. As velas, memoriais, luzes eternas, brilham sem convencer, como placas de neon, sinceras como propagandas. As naves sagradas arrotam fumaça de miasmas. Bons amantes vão embora.

Não sou um bom amante ou estaria com você agora. Estaria a seu lado, e não usaria esta saudade como prova do meu sentimento. Por isso estou escrevendo e mandando este diário do verão. Quero que saiba algo sobre mim. Está aqui, dia após dia. Amada Shell, se deixar manterei você sempre a centenas de quilômetros de mim e escreverei lindos poemas e cartas. É verdade. Sinto medo de viver em qualquer lugar senão na expectativa. Não represento um risco de vida.

No início do verão dissemos: sejamos objetivos. Não quero vê-la nem saber notícias suas. Gostaria de contrapor isso com ternura, mas não o farei. Não quero apego. Quero começar de novo. Acho que amo você, mas amo mais ainda a ideia de uma lápide lisa. Posso dizer essas coisas para você porque chegamos muito perto. A tentação da disciplina me torna cruel.

Quero terminar esta carta agora. É a primeira que escrevo sem cópia. Estou quase aterrissando e pulando na cama a seu lado. Por favor, não telefone nem me escreva. Algo quer despontar em mim.

Lawrence

Shell mandou três telegramas que ele não respondeu. Cinco vezes ele deixou o telefone tocar a noite inteira.

Certa manhã ela acordou de repente e não conseguia respirar. Lawrence fizera com ela exatamente a mesma coisa que Gordon – as cartas, tudo!

VINTE E OITO

Beberam pacientemente, esperando a incoerência se manifestar.

"Claro que você sabe, Tamara, que estamos perdendo a Guerra Fria, não é?"

"Não!"

"É a mais pura verdade. Sabe o que a juventude chinesa deve estar fazendo neste exato minuto?"

"Fundindo ferro nos quintais?"

"Exatamente. E os russos estão aprendendo trigonometria no jardim da infância. Que tal, Tamara?"

"Pensamentos negros."

"Mas nada disso importa, Tamara."

"Por quê?"

Ele tentava apoiar o gargalo de uma garrafa para se servir.

"Vou dizer por que, Tamara. Porque estamos prontinhos para o campo de concentração."

Aquilo foi um pouco brutal levando em conta o estado de embriaguez deles. No sofá ele murmurava ao lado dela.

"O que você está dizendo?"

"Não estou dizendo nada."
"Você estava dizendo alguma coisa."
"Quer saber o que estou dizendo, Tamara?"
"Quero."
"Quer mesmo saber?"
"Sim."
"Certo, vou dizer então."
Silêncio.
"E?"
"Vou dizer."
"Certo, diga."
"Estou dizendo o seguinte:..."

Houve uma pausa. Ele se pôs de pé num pulo, correu até a janela e arrebentou o vidro com um murro.

"*Pegue o carro, Krantz*", berrou. "*Pegue o carro, pegue o carro!...*"

VINTE E NOVE

Estudemos mais uma sombra.

Ia em direção à Côte des Neiges. Patricia estava dormindo no quarto dele na Stanley Street, um profundo sono de isolamento, os cabelos ruivos sobre os ombros, como que arranjados por um vento de Botticelli.

Ele não conseguia deixar de pensar que ela era bonita demais para ele, que não era alto ou correto o bastante, que as pessoas não se viravam para olhá-lo no bonde, que não tinha controle sobre a glória da carne.

Ela merecia alguém, talvez um atleta, que se movesse com graça semelhante à dela, exercendo a mesma imediata tirania da beleza do rosto e dos membros.

Conhecera-a numa festa do teatro. Fizera o papel principal em *Hedda Gabler*, de Ibsen. Uma cadela fria, ela fizera bem o papel, toda a ambição e as folhas de parreira. Era tão bonita quanto Shell, Tamara, uma das grandes. Era de Winnipeg.

"Existe arte em Winnipeg?"

Mais tarde naquela noite caminharam pela Mountain Street. Breavman mostrou-lhe uma cerca de ferro que escondia em sua caligrafia silhuetas de andorinhas, coelhos, esquilos. Ela se abriu logo com ele. Contou-lhe que tinha úlcera. Jesus, naquela idade.

"Quantos anos você tem?"

"Dezoito. Sei que deve ser uma surpresa para você."

"É uma surpresa ser tão tranquila e viver com essa coisa devorando o seu estômago."

Mas devia haver alguma compensação pelo modo como se movia, aqueles passos que pareciam uma música espanhola antiga, o rosto que sobrepujava a dor ao interpretar.

Mostrou-lhe partes curiosas da cidade naquela noite. Tentou ver de novo a cidade dos seus dezoito anos. Aqui havia um muro que ele amava. Ali, um portão absurdamente lavrado que queria que ela visse, mas quando se aproximaram reparou que o edifício havia sido demolido.

"*Où sont les neiges?*", disse ele, teatral, citando Villon.

Ela olhou bem para ele e disse: "Você me conquistou, Lawrence Breavman".

E ele supôs que era isso mesmo o que tentava fazer.

Mantiveram-se afastados como duas lápides. Nada que as mãos ou a boca dele pudessem fazer o envolveriam na beleza dela. Foi como anos antes com Tamara, a cama e sua tortura silenciosa.

Sabia que não poderia começar todo o processo outra vez. O que acontecera com seu plano? Finalmente encontraram palavras para dizer e ternura, do tipo que se segue ao fracasso.

Ficaram juntos no quarto.

Ao final do dia seguinte, havia escrito um poema natimorto sobre dois exércitos que marchavam rumo à batalha vindos de cantos distintos de um continente. Jamais tinham se encontrado num conflito na planície central. O inverno devora os batalhões como uma tempestade de mariposas num vestido de seda, deixando o metal da artilharia sem canhões milhas para trás dos homens congelados, padrões sem sentido no piso de um quarto amplo. Então, meses depois, dois soldados de línguas diferentes se encontram num campo verde, intacto. Seus pés trazem atadas faixas de tecido arrancadas dos uniformes dos superiores. O campo em que se encontram é aquele que marechais poderosos e distantes designaram para a glória. Como os homens vieram de direções diferentes, olham-se de frente, mas se esqueceram por que vieram parar ali.

Na noite seguinte observou-a andar pelo quarto. Nunca tinha visto nada tão bonito. Ela estava aninhada numa poltrona marrom decorando um texto. Lembrou-se de uma cor que amara no cadinho de latão fundido. O cabelo dela tinha essa cor e o corpo quente parecia refleti-la como o rosto brilhante do ferreiro que derramava o metal sobre os moldes.

PAUVRE GRANDE BEAUTÉ!
POBRE BELEZA PERFEITA!

Ofereceu todo o seu louvor silencioso às pernas, aos lábios, não em nome do clamor do desejo pessoal, mas graças aos puros requisitos da excelência.

Conversaram o bastante, a ponto de ela ficar nua. A linha de seu ventre lembrou-lhe as formas macias bem desenhadas na caverna pelo artista-caçador. Ele se lembrou dos intestinos dela.

QUEL MAL MYSTÉRIEUX RONGE SON FLANC D'ATHLÈTE?
QUE MAL MISTERIOSO ATORMENTA SEU FLANCO SINUOSO?

Deitado ao lado dela pensou loucamente que um milagre os conduziria a um enlace sexual. Não entendia o motivo, porque eram pessoas simpáticas, a linguagem natural dos corpos, porque ela ia embora amanhã. Ela apoiou a mão na coxa dele, sem desejo no toque. Pôs-se a dormir e ele abriu os olhos no escuro e seu quarto nunca foi tão vazio, nem nenhuma mulher, tão distante. Ficou atento à sua respiração. Era como o motor delicado de alguma máquina cruel expandindo a distância entre eles. O sono dela foi a retirada final, mais perfeita do que tudo que pudesse dizer ou fazer. Ela dormia ainda mais graciosamente do que se movia.

Ele sabia que o cabelo dela não poderia sentir nada; beijou seus cabelos.

Estava indo para a Côte des Neiges. A noite tinha sido inventada por um purista dos outonos de Montreal. Uma garoa dava brilho aos gradis de ferro negro. Folhas jaziam precisamente gravadas nas calçadas molhadas, finas como se tivessem caído de dentro de diários. Um vento borrou as folhas da jovem acácia da MacGregor Street. Caminhava ao longo de um velho trajeto de cercas e mansões que sabia de cor.

A necessidade de Shell atingiu-o como uma facada. Na verdade, sentia-se empalado em pleno ar pela lança da saudade. E com a saudade veio o fardo da solidão que sabia não ser capaz de suportar. Por que estavam em cidades diferentes?

Foi correndo até o Mount Royal Hotel. Uma faxineira ajoelhada agradeceu-lhe pela lama.

Estava telefonando, berrando com a telefonista, explicando que era a cobrar.

O telefone tocou nove vezes até ela atender.

"Shell!"

"Nem ia atender."

"Case comigo! É isso o que quero."

Houve um longo silêncio.

"Lawrence, você não pode tratar assim as pessoas."

"Você não vai se casar comigo?"

"Li o seu diário."

Oh, como a voz dela era bonita confusa de sono.

"Esqueça o meu diário. Sei que magoei você. Por favor, não se lembre mais disso."

"Quero voltar a dormir."

"Não desligue."

"Não vou desligar", disse exausta. "Vou esperar até você se despedir."

"Eu te amo, Shell."

Houve outro longo silêncio e ele achou que ela estava chorando.

"Amo. De verdade."

"Por favor, me deixe. Não posso ser o que você precisa."

"Pode, sim. Você é."

"Ninguém vai ser o que você precisa."

"Shell, isso é loucura, falar desse jeito, a centenas de quilômetros de distância. Vou para Nova York."

"Você tem dinheiro?"

"Que pergunta é essa?"

"Você tem dinheiro para a passagem? Você largou o acampamento, e sei que já não tinha muito quando foi."

Nunca tinha ouvido a voz dela soar tão amarga. Ficou sóbrio de repente.

"Estou indo."

"Porque não quero ficar esperando se você não estiver vindo."

"Shell?"

"Diga."

"Ainda sobrou algo entre nós?"

"Não sei."

"Vamos conversar."

"Certo. Vou desligar agora."

Ela disse isso com aquela mesma voz, aquela voz que o aceitara e o ajudara em suas ambições. Sentiu-se triste ao ouvi-la. Quanto a ele, havia exaurido a emoção que o impelira ao telefonema. Não precisava mais ir a Nova York.

TRINTA

Começou o passeio pelas ruas do coração de Montreal. As ruas estavam mudando. Por toda parte, o rococó vitoriano ia embora, e a cada duas esquinas havia o esqueleto pela metade de um prédio comercial novo e sem graça. A cidade parecia ávida por se modernizar, como se de repente se convertesse a uma nova teoria higienista e descobrisse horrorizada que era impossível tirar a fuligem das gárgulas e gavinhas, e portanto estivesse decidida a cauterizar toda a paisagem.

Mas as ruas eram belas. Eram a única beleza, a mágica derradeira. Breavman sabia o que sabia, que os corpos não morreriam nunca. Todo o resto era ficção. Era beleza que elas portavam. Lembrava-se de todas, nada estava perdido. Servi-las. Sua mente louvava enquanto subia a rua até a montanha.

Pelo corpo de Heather, que só dormia.

Pelo corpo de Bertha, que caíra com maçãs e uma flauta.

Pelo corpo de Lisa, primeira e última, com aroma de velocidade e florestas.

Pelo corpo de Tamara, cujas coxas fizeram dele um fetichista de coxas.

Pelo corpo de Norma, arrepiada, úmida.

Pelo corpo de Patricia, que ele ainda precisaria domar.

Pelo corpo de Shell, que era totalmente doce em sua memória, que amara enquanto caminhava, dos seios pequenos sobre os quais escrevera, e dos cabelos tão negros que emitiam um brilho azul.

Por todos os corpos dentro e fora dos trajes de banho, roupas, água, passando entre quartos, deitados na grama, impressos de grama, na disciplina da dança, pulando em cavalos, crescendo em espelhos, sentidos como um tesouro, melados de beijos, pelos quais se trapaceia, todos eles, do grande balé, o creme dentro deles, o sol sobre eles, ungidos de óleo.

Mil sombras, um único fogo, tudo o que já aconteceu, distorcido pelo relato, serviu à visão, e, quando viu, estava no próprio centro das coisas.

Às cegas pisou os degraus de madeira que subiam pelo flanco da montanha. Parou nos muros altos do hospital. As torres italianas pareceram sinistras. A mãe dormia numa delas.

Virou-se e olhou para a cidade lá embaixo.

O coração da cidade não estava mais lá entre os novos edifícios e ruas alargadas. Estava bem ali no hospital, que, com drogas e eletricidade, vinha mantendo a sanidade dos homens de negócios, evitando que as esposas se suicidassem e livrando filhos do ódio. O hospital era o verdadeiro coração, bombeando estabilidade e criações e orgasmos e sono para dentro dos debilitados membros venais. A mãe dormia numa das torres. Com janelas que não abriam inteiramente.

O restaurante banhava a esquina da Stanley com a St. Catherine numa luz que deixava a pele amarela e as veias à vista. Era um lugar grande, cheio de espelhos, lotado como sempre. Não havia uma mulher que pudesse ver. Breavman reparou que vários homens usavam tônico capilar; as têmporas pareciam brilhantes e úmidas. Eram magros na maioria. Quase uniformizados. Calças justas de algodão com cinto, blusas de gola em V sem camisa.

Escolheu uma mesa. Ele estava com muita sede. Procurou nos bolsos. Shell tinha razão. Não havia muito dinheiro.

Não, não iria para Nova York. Ele sabia. Mas precisava estar sempre conectado a ela. Aquilo nunca poderia ser rompido. Tudo seria simples desde que continuasse ligado a ela, contanto que continuassem se lembrando.

Um dia compreenderia o que fizera a ela, à criança, com um acesso de culpa tão forte que jazeria sentado, imóvel, durante dias, até que os outros viessem levá-lo e as máquinas dos médicos lhe devolvessem a fala.

Mas não hoje.

A *jukebox* gemia. Acreditava entender a saudade das canções baratas melhor do que qualquer um ali. A *jukebox* Wurlitzer era um bicho grande, piscando de dor. Era a ferida de neon de todo mundo. Um ventríloquo em sofrimento. Era o tipo de animal de estimação que as pessoas queriam ter. Um urso eterno para importunar, com sangue elétrico. Breavman tinha uma moeda para gastar. Uma máquina gorda, que adorava as próprias engrenagens, gorgolejante, e pronta para supurar a noite inteira.

Breavman achou que ficaria ali sentado, só bebericando sua Crush de laranja. Uma lembrança atingiu-o com urgência e ele pediu à garçonete o lápis emprestado. Num guardanapo rabiscou:

> Céus! Acabo de me lembrar qual era a brincadeira favorita de Lisa. Depois de uma nevasca forte a gente ia lá atrás no quintal com alguns amigos. O quintal estava todo coberto com uma neve branca e intacta. Bertha era quem nos rodava. Você segurava as mãos dela enquanto ela girava nos calcanhares, rodando você até seus pés saírem do chão. Então ela soltava e você voava sobre a neve. Ficava parado na posição em que havia caído. Quando todo mundo já tinha voado e caído na neve fresca, começava a parte bonita da brincadeira. Você se levantava com cuidado, esforçando-se para não alterar a impressão do corpo feita sobre a neve. Então vinham as comparações. Claro que cada um fazia o máximo para cair em posições malucas, braços e pernas esticados. Depois íamos embora, deixando para trás um adorável campo branco com formas que pareciam flores e caules feitos de pegadas.

Ilustração de capa DW RIBATSKI

Coordenação editorial EMILIO FRAIA
Preparação ALESSANDRA MIRANDA DE SÁ
Projeto gráfico GABRIELA CASTRO
Composição ANA SABINO
Revisão PEDRO PAULO DA SILVA e ANA PAULA MARTINI
Produção gráfica ALINE VALLI

Nesta edição, respeitou-se o novo Acordo Ortográfico da Língua Portuguesa.

Dados Internacionais de Catalogação na Publicação (CIP)
(Câmara Brasileira do Livro, SP, Brasil)

Cohen, Leonard [1934-]
A brincadeira favorita: Leonard Cohen
Título original: *The favourite game*
Tradução: Alexandre Barbosa de Souza
São Paulo: Cosac Naify, 2011
248 pp.

ISBN 978-85-405-0097-6

1. Ficção canadense (Inglês) I. Título.

11-12486 CDD-813

Índices para catálogo sistemático:
1. Ficção: Literatura canadense em inglês

COSAC NAIFY
Rua General Jardim, 770, 2º andar
01223-010 São Paulo SP
[55 11] 3218 1444
cosacnaify.com.br

Atendimento ao professor [55 11] 3218 1473

Fontes DTL UNICO, KNOCKOUT Papel PÓLEN SOFT 80 G/M²
Impressão GEOGRÁFICA Tiragem 5000